Deseo®

DISCARD

Una novia por Navidad

Joan Elliott Pickart

D0596039

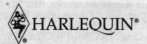

HARLEQUIN®

Editado por HARLEQUIN IBÉRICA, S.A.
Hermosilla, 21
28001 Madrid

© 2005 Joan Elliott Pickart. Todos los derechos reservados.
UNA NOVIA POR NAVIDAD, N° 1492 - 13.12.06
Título original: A Bride by Christmas
Publicada originalmente por Silhouette® Books

Todos los derechos están reservados incluidos los de reproducción,
total o parcial. Esta edición ha sido publicada con permiso de
Harlequin Enterprises II BV.
Todos los personajes de este libro son ficticios. Cualquier parecido
con alguna persona, viva o muerta, es pura coincidencia.
® Harlequin, Harlequin Deseo y logotipo Harlequin son marcas
registradas por Harlequin Books S.A
® y ™ son marcas registradas por Harlequin Enterprises Limited y
sus filiales, utilizadas con licencia. Las marcas que lleven ® están
registradas en la Oficina Española de Patentes y Marcas y en otros
países.

I.S.B.N.: 84-671-4381-9
Depósito legal: B-43531-2006
Editor responsable: Luis Pugni
Composición: M.T. Color & Diseño, S.L.
C/. Colquide, 6 portal 2 - 3° H, 28230 Las Rozas (Madrid)
Fotomecánica: PREIMPRESIÓN 2000
C/. Algorta, 33. 28019 Madrid
Impresión y encuadernación: LITOGRAFÍA ROSÉS, S.A.
C/. Energía, 11. 08850 Gavá (Barcelona)
Fecha impresion para Argentina: 11.6.07
Distribuidor exclusivo para España: LOGISTA
Distribuidor para México: CODIPLYRSA
Distribuidores para Argentina: interior, BERTRAN, S.A.C. Vélez
Sársfield, 1950. Cap. Fed./ Buenos Aires y Gran Buenos Aires,
VACCARO SÁNCHEZ y Cía, S.A.
Distribuidor para Chile: DISTRIBUIDORA ALFA, S.A.

Capítulo Uno

Luke St. John subió lentamente los escalones de piedra de la iglesia, maravillándose ante el intrincado tallado de la puerta.

Era una estructura majestuosa y podía entender que su hermano y Ginger hubieran elegido casarse allí al día siguiente. Llevaban meses planeando el evento y, según Robert, Ginger había cambiado tantas veces de opinión sobre los colores, las telas, el catering y miles de detalles más que la organizadora de la boda debía estar a punto de estrangularla.

Luke sonrió mientras empujaba la pesada puerta de madera.

Ginger Barrington era una chica encantadora, aunque un poquito frívola, que había recibido un cheque en blanco de su padre para organizar la boda de sus sueños. Y había elegido nada menos que siete damas de honor para el extraordinario evento.

En fin, la gente del círculo social de los Barrington–St. John estaba acostumbrada a ese tipo de extravagancias. Lo importante era que Ginger y Robert estaban muy enamorados.

Era curioso, pensó Luke. Había sentido una punzada de envidia en más de una ocasión al verlos tan enamorados. Eso lo sorprendía. Él nunca había tenido intención de casarse, pero...

Luke sacudió la cabeza, mirando el reloj.

Llegaba pronto para el ensayo, pero había tenido una reunión en esa zona de la ciudad que terminó antes de lo previsto y, como estaba cerca de la iglesia, decidió pasarse por allí para relajarse un poco antes de que llegaran los demás.

El eco de sus pasos resonaba en el edificio vacío hasta que eligió un banco para sentarse. Mientras esperaba, se dedicó a admirar los altos techos y las exquisitas vidrieras.

Entonces vio que se abría una puertecita a un lado del altar y que de ella salía una mujer con una caja de cartón en las manos. Luke la observó mientras se acercaba al primer banco y sacaba de la caja un lazo de satén amarillo.

Entonces sintió un ligero dolor en el pecho y se dio cuenta de que estaba conteniendo la respiración. «Qué curioso», pensó, no le había pasado nunca.

Sorprendido, se inclinó hacia delante, apoyando los brazos en el respaldo del otro banco, y se quedó observándola.

Era preciosa. No, ésa no era la palabra que buscaba. «Preciosa» era el calificativo que buscaban las mujeres con las que él solía salir: mujeres perfectas, con vestidos perfectos, peinados perfectos y maquillajes perfectos que variaban poco de una a otra.

No, aquella mujer que estaba colocando un lazo de satén amarillo en el banco era... guapa. Sí, ésa era la palabra. Guapa y natural, como un soplo de aire fresco. Era un rayo de sol en un día nublado, alguien real. Y estaba seguro de que no llevaba ni gota de maquillaje.

Su cabello rubio, naturalmente rizado, caía suavemente sobre sus hombros y tenía los ojos grandes y castaños. Ojos de gacela. Unos ojos muy bonitos. Llevaba un sencillo vestido de algodón rosa que le quedaba de maravilla.

Y mirándola Luke sintió algo... no sabía qué. Pero su corazón estaba latiendo con una fuerza inusitada. Nunca le había pasado algo así. Nunca. Aquella mujer había provocado un impacto en él que le resultaba absolutamente extraño.

Luke siguió mirándola mientras ponía un lazo de satén verde menta en el siguiente banco y en los dos del otro lado para dejar claro que aquellos cuatro eran para la familia de los novios.

Debía ser la organizadora de la boda a la que Ginger estaba volviendo loca. Parecía muy joven para tener un título tan ostentoso... veinticuatro o veinticinco años a lo sumo. De modo que, con treinta y dos, Luke no era demasiado mayor para ella. Bien. Eso estaba bien.

Pero... ¿organizadora de bodas? ¿Por qué alguien se dedicaría a un oficio así? ¿Porque su propia boda había sido tan maravillosa que quería compartir eso con otras personas? No. Imposible. Ella no estaba casada. Se dedicaba a organizar bodas porque era una mujer romántica y un poco anticuada que adoraba las ceremonias matrimoniales y a quien se le daba de maravilla encargarse de un millón de cosas al mismo tiempo.

Sí. Eso estaba mucho mejor.

Tenía que conocer a esa mujer, pensó Luke. Tenía que oír su voz y mirar de cerca aquellos ojos increíbles de gacela. Tenía que conectar con ella de alguna forma antes de que desapareciera. Tenía que...

Tenía que controlarse, pensó entonces. No sabía qué le pasaba, pero daba un poco de miedo.

Entonces oyó voces en la puerta y se levantó. Justo en ese momento ella se daba la vuelta y, al verlo, dio un paso atrás, sobresaltada.

–Perdone, no quería asustarla. He llegado temprano y me he sentado ahí... –Luke se detuvo a su lado, la miró a los ojos y se olvidó por completo de lo que estaba diciendo.

–Yo... –empezó a decir ella–. Yo soy...

«¿Quién soy?». «Dios Santo, qué ojos». Aquel hombre tenía unos ojos oscuros en los que cualquier mujer podría ahogarse sin querer escapar siquiera. Y esa voz. Tan masculina, tan ronca... Y, sin embargo, parecía acariciarla, haciéndola estremecer de arriba abajo...

Era alto, de hombros anchos, largas piernas, facciones muy masculinas y un pelo negro y espeso. Parecía un modelo.

–¿Quién es usted? –preguntó Luke.

–¿Qué? Ah, sí, claro, soy Maggie Jenkins, la organizadora de la boda. Soy la propietaria de una empresa que se llama Rosas y Sueños, que está haciéndose una buena reputación como organizadora de bodas porque eso es lo que hago... organizar... bodas. Y también estoy diciendo tonterías, así que olvídelo. Ahora mismo estoy un poco cansada y no sé lo que digo. ¿Y usted es?

«Un admirador», pensó Luke, con una sonrisa en los labios. Maggie Jenkins. Maggie. Le gustaba su nombre. Le sentaba bien, de verdad. Maggie Jenkins, que no llevaba alianza. Afortunadamente.

–Luke St. John, el hermano del novio y su padrino.

–Ah, encantada de conocerlo –dijo Maggie, apartando la mirada–. Bueno, parece que ya han llegado los demás. Será mejor que vaya a saludar a todo el mundo y empecemos el ensayo porque después tenemos que ir al restaurante... para el ensayo de la cena. Perdone.

Luke se volvió para mirarla, pero no se acercó al grupo. Aún no. Se quedó allí, admirando a Maggie Jenkins, la organizadora de la boda.

Maggie contuvo un bostezo de fatiga mientras se obligaba a sí misma a sonreír.

¿Qué era aquel calor que sentía en la espalda?, pensó de repente. ¿Era Luke St. John mirándola con esos ojos suyos?

«Maggie, calma», se dijo a sí misma.

Se había portado como una colegiala. Pero había reaccionado así porque estaba agotada, se dijo. Y aquel hombre tenía un magnetismo especial, además. Cuando estuviera descansada vería a Luke St. John como un hombre normal. Muy guapo, pero normal.

–Hola a todos –los saludó alegremente.

–Hola, Maggie –sonrió Ginger–. Qué emoción, ¿verdad? Mañana es el gran día. Casi no me lo puedo creer.

«No eres la única», pensó Maggie, mirando a la rubita de piel dorada que, aquel día, llevaba un traje de seda color azul pavo.

–¿Has encontrado las almendras recubiertas de yogur de limón y menta para el cóctel?

–Sí, las he encontrado –suspiró Maggie–. Pero

7

sólo las vendían en bolsas de diez kilos y estaban mezcladas con almendras recubiertas de azúcar, de fresa... ¿Qué hago con las que me sobran? –preguntó, sin decirle que había estado seleccionando almendras hasta las dos de la mañana.

–No sé, haz lo que quieras –contestó Ginger–. ¿Dónde se ha metido mi amor? Ah, Robert, ahí estás, cariño. ¿Te das cuenta de que enseguida estaremos en Grecia? Tendremos todo un mes para... ¿qué pasa? No pareces un novio emocionado.

Robert, un atractivo joven que aún no había cumplidos los treinta años, con un pantalón de sport y una camisa sin corbata, le pasó un brazo por los hombros.

–Mi hermano no ha llegado todavía. No podemos ensayar sin el padrino.

–Estoy aquí –dijo Luke, acercándose al grupo.

–Voy a decirle al reverendo Mason que estamos listos para empezar el ensayo –sugirió Maggie entonces–. Está en la sacristía y me ha dicho que fuese a buscarlo cuando estuviéramos listos.

–Maggie, bonita, espera un momento –la llamó una joven–. He perdido tres kilos desde que me hicieron la última prueba del vestido. ¿Crees que deberían arreglármelo antes de mañana?

«Por encima de mi cadáver», pensó Maggie. «Ni lo sueñes, *bonita*».

–No creo que sea necesario, Tiffy –contestó, sin embargo–. Eso es lo bueno del vestido. Que no hace falta meter ni sacar nada porque la tela flota sobre el cuerpo. Te prometo que no tendrás que preocuparte.

«Bien dicho», pensó Luke, conteniendo una

sonrisa. Maggie había solucionado el problema de la superficial jovencita como una profesional. Era muy interesante Maggie Jenkins.

–Mira el lado bueno del asunto, Tiffy –intervino otra de sus amigas–. Puedes comer todo lo que quieras en el banquete... y en la cena de ensayo de esta noche. Ya sabes que Ginger y la señora Barrington han elegido pasteles como para morirse. Come y disfruta.

–Sí, quizá tengas razón, Melissa Ann –murmuró Tiffy, pensativa.

«Bendita seas, Melissa Ann», pensó Maggie.

–Y no olvides las deliciosas almendras recubiertas de yogur de limón y menta –añadió Luke, sin disimular una risita–. Maggie, ¿de verdad has tenido que rebuscar entre una tonelada de almendras para encontrar las del color adecuado?

–Ningún detalle es demasiado pequeño para Rosas y Sueños –contestó ella, sin mirarlo.

Mientras se dirigía a la sacristía para buscar al reverendo, Luke se quedó mirándola, con una sonrisa en los labios.

–¿Luke? –lo llamó Robert.

–¿Sí? –murmuró él, distraído.

–¿Se puede saber qué te pasa? Estás ahí, de espaldas a todo el mundo... ¿Podrías ser un poco más sociable, por Dios bendito?

Luke se volvió hacia su hermano.

–Desde luego que sí. Perdona.

–¿Qué te pasa?

–Estoy impresionado con el trabajo que hace Maggie Jenkins. Es muy joven para dirigir una empresa como la suya. Y también es muy interesante que sea organizadora de bodas sin estar casada, ¿no te parece?

Robert se encogió de hombros.

—Yo se lo he preguntado –intervino Ginger–. Y me dijo que no todos los pediatras tienen niños. A Maggie le encanta el reto de hacer que una boda sea perfecta... y se encarga hasta del más mínimo detalle. Pero no quiere casarse. Me ha dicho que no tiene la menor intención.

Luke arrugó el ceño.

—¿Por qué?

—Pues no lo sé. No habría sido muy discreto preguntar, ¿no te parece?

—¿Por qué iba a ser indiscreto?

—De verdad, a veces creo que los hombres deberían hacer un curso de buenos modales –rió su futura cuñada–. Robert, cariño, ¿y si a la gente no le gustan las almendras recubiertas de yogur de limón y menta? ¿Crees que debería pedirle a Maggie que las cambie por almendras normales?

—No –contestó Luke–. ¿No has visto que la pobre tiene ojeras?

—Pues no, no me he fijado.

—Está agotada. Y seguro que en tus clases de buenos modales te han enseñado que hay que pensar en los demás.

—Pero bueno...

—Además, yo he estado en más eventos sociales, ya que soy mayor que tú, y te aseguro que a la gente le gustan mucho las almendras recubiertas de yogur.

—¿En serio? –preguntó Ginger.

—Te lo garantizo. Así que no le pidas a la pobre Maggie que las cambie.

—Bueno, si tú lo dices... ah, ahí está Maggie con el reverendo Mason. Será mejor que vaya a saludarlo.

Ginger se alejó por el pasillo y Robert se quedó mirando a su hermano.

—¿Ahora eres un experto en almendras? ¿De dónde ha salido eso? ¿Y por qué sabes que Maggie está agotada? ¿Qué te ha dicho: Hola, soy Maggie, y estoy hecha polvo?

—Soy abogado, Robert. Y un buen abogado aprende a observar con detalle a la gente.

—¿No me digas?

—Hay que encontrar cualquier cosa que pudiera ser importante para ganar un caso.

—A mí no me vengas con esas —rió su hermano.

—Sí, bueno... Olvídalo.

—Pareces muy protector con Maggie. ¿Por qué? ¿La conocías de antes?

—No, qué va. Acabo de conocerla ahora mismo —contestó Luke.

—Pues quién lo diría.

—¿Sabes una cosa? Me da cierta envidia tu relación con Ginger.

—¿Envidia, a ti?

—Os he visto enamoraros, empezar a organizar la boda, hacer planes para el futuro... Me alegro muchísimo por vosotros, pero admito que estoy un poco celoso.

—¿Tú? ¿Celoso de mí? —exclamó Robert, llevándose una mano al corazón—. No me lo creo. Tú tienes que quitarte a las mujeres de encima...

—No exageres.

—No exagero nada. Y siempre te han gustado

las que sólo querían pasar un buen rato. Hay siete damas de honor que estarían encantadas, por cierto. Puedes elegir.

–No deberías hablar así de las mujeres, Robert.

–Era una broma, hombre.

Luke miró a Maggie, que estaba hablando con el reverendo Mason.

–De todas formas, las cosas han cambiado.

–Ya veo –murmuró su hermano, sorprendido.

El reverendo saludó a todo el mundo y empezó a explicar lo que debían hacer para que la ceremonia del día siguiente funcionase a la perfección.

–Muy bien. Ginger, ponte al lado de la puerta con tu padre y prepárate para avanzar por el pasillo detrás de las damas de honor...

–Oh, no –Ginger sacudió la cabeza–. No, no, no. No puedo hacer eso.

–¿Por qué no? –preguntó Robert, sorprendido. No habrás decidido que no quieres casarte conmigo, ¿verdad?

–No es eso, tonto –rió ella, dándole un beso en la mejilla–. Sabes que da mala suerte que el novio vea a la novia antes de la ceremonia, ¿verdad? Pues también da mala suerte que el novio y la novia ensayen juntos antes de la boda. ¿No sabías eso?

–Pues no, no lo sabía –contestó Robert, aliviado–. ¿Entonces qué?

–Tú y yo nos sentaremos ahí para observarlo todo tranquilamente. Pero otras dos personas deben hacer el papel de los novios.

–¿Qué personas?

–Pues... no lo sé. A ver, tu padre será el padrino y Luke puede hacer de novio. Y luego... –Ginger miró alrededor–. Maggie puede hacer de novia.

–Estupendo –dijo Luke, entusiasmado.

–A mí no me parece buena idea –objetó Maggie.

–¿Por qué?

–Porque yo tengo que... Tengo que quedarme al fondo para controlar que la novia camina con el paso adecuado, la distancia entre ella y las damas de honor...

–¿Cuál debe ser la distancia? –preguntó Luke.

–Deben dejar tres bancos por lo menos...

–¿Lo habéis entendido, chicas? Hay que dejar tres bancos de distancia.

Siete cabezas se movieron arriba y abajo.

–Hecho –sonrió Luke–. Ahora podemos ir detrás de ellas sin ningún problema.

–Pero...

–Excelente –la interrumpió el reverendo Mason–. Que todo el mundo ocupe su puesto, por favor. Los testigos del novio tienen que entrar los primeros. Las madres también. Ginger y Robert, sentaos cerca para poder observar.

–Pero... –intentó objetar Maggie de nuevo.

–Nos vemos ahora, futura esposa –dijo Luke, con una sonrisa en los labios.

–Pero...

–Vamos... Ginger –sonrió el señor Barrington, tomando la mano de Maggie.

Ella no quería ser la novia. Bueno, quería serlo, pero eso nunca iba a pasar. Ella no dejaría que pasara porque... No, ella no era una novia. Ni una novia de mentira ni una novia de verdad. No era una novia. Ni ahora ni nunca.

Y para empeorar las cosas, el novio fingido era Luke St. John, un hombre que la hacía olvidar hasta su propio nombre. Por favor, ella sólo quería irse a casa. En ese momento.

Todos, excepto Maggie, estaban charlando y riendo mientras ocupaban sus puestos. Pero se quedaron en silencio cuando el reverendo Mason levantó una mano. Estaba en el altar, al lado de Luke, con los testigos a un lado.

–La música del órgano acaba de empezar. Estamos listos para que las damas de honor empiecen a avanzar por el pasillo... así, muy bien. Eso es, separadas de la novia por tres bancos.

Cuando Tiffy empezó la procesión, el padre de Ginger se inclinó para hablarle a Maggie al oído.

–Espero que Ginger parezca más feliz que tú. Yo creo que esto es divertido, ¿no te parece?

–Ésa no es la palabra que yo elegiría, señor Barrington –murmuró ella.

–Pero tu novio es Luke St. John y está considerado un partidazo. Ahora mismo serías la envidia de todas las mujeres de Phoenix. ¿Eso no te hace sonreír?

–Pues no –contestó Maggie.

–Por favor, inténtalo. Mi hija es supersticiosa sobre todas estas tonterías y se subirá por las paredes si avanzas por el pasillo con esa cara tan larga. Recuerda que esto es una boda, no un funeral. Sonríe.

Maggie asintió con la cabeza mientras forzaba los músculos de la cara hasta que le dolieron las mejillas.

–Ahora parece que te han dado un pisotón –observó el señor Barrington.

—No se ponga exigente. No puedo hacer más.

—Pues para ser una organizadora de bodas tienes una actitud muy extraña. Me resulta fascinante.

No, más bien aterrador, pensó ella, que lo único que quería era irse a casa.

—Ahora empieza la *Marcha Nupcial* –anunció el reverendo Mason–. Dadle tiempo a la congregación para levantarse y volverse en vuestra dirección... y ahora, sí, aquí llega la novia.

Capítulo Dos

Podía oír la *Marcha Nupcial*, pensó Luke. Podía *oírla*. Una parte de él sabía que eso era imposible, pero allí estaba, la maravillosa música llenando la iglesia.

Y en la puerta, caminando despacio del brazo del señor Barrington, estaba Maggie.

Su novia.

Era exquisita, encantadora. Su corazón latía como loco al mirarla y...

Maggie y el señor Barrington se detuvieron delante del reverendo.

—En este momento preguntaré: ¿quién entrega a esta mujer en matrimonio? Y usted, señor Barrington, debe responder: «Su madre y yo». Luego tomará la mano de su hija y la pondrá sobre la del novio.

—Su madre y yo —repitió el señor Barrington.

Sin pensar, Luke dio un paso adelante y alargó la mano para tomar la de Maggie. Cuando el señor Barrington la puso sobre la suya se miraron a los ojos y el tiempo se detuvo.

«Dios bendito», pensó ella, incapaz de apartar la mirada de aquellos ojos oscuros.

La mano de Luke era fuerte, pero delicada al mismo tiempo. Y el calor... El calor que transmitía esa mano subía por su brazo, por su pecho, girando por todo su cuerpo y haciendo que se ruborizase.

Tenía que recuperar su mano. Y lo haría. Enseguida.

Y tenía que dejar de mirar a los ojos de Luke. Y lo haría. Enseguida.

–Nos hemos reunido aquí –empezó a decir el reverendo Mason– para unir a este hombre y a esta mujer en santo matrimonio.

Sí, pensó Luke, para eso exactamente estaban allí. Aquel hombre, él, y aquella mujer, Maggie, estaban a punto de unirse en santo matrimonio, a punto de convertirse en marido y mujer hasta que la muerte los separase.

Nunca en su vida se había sentido así. Experimentaba una sensación de paz que se mezclaba con el deseo, con el anhelo de hacer suya a esa mujer. El frío que siempre había sentido por dentro, y que ahora sabía era soledad, había desaparecido para nunca volver porque Maggie estaba allí.

Había esperado una eternidad para aquello, por ella, para encontrar a su alma gemela, pero la había encontrado. Maggie Jenkins.

Dios Santo, aquello era una locura, pensó, incapaz de borrar la sonrisa de sus labios. Él era un abogado que trataba con hechos, con pruebas, con cosas que eran o blancas o negras, con datos comprobados y... de repente se había visto lanzado, no había otra palabra para definirlo, a un nuevo mundo que abrazaba la romántica noción del amor a primera vista.

Sí, aquello era una locura. Una locura maravillosa. Y difícil de creer, pero él la creía con toda su alma, su cuerpo y su corazón.

Maggie Jenkins había llegado y había conquistado. Sin hacer nada le había robado el corazón para siempre y él no quería recuperarlo. Nunca. La amaba. Era así de sencillo. Excitante y aterrador al mismo tiempo. No debería ser verdad, pero lo era.

Estaba enamorado de Maggie.

—Después tenéis que apagar estas dos velas y encender ésta otra, que representa la unión de dos personas que se convierten en una.

Sí, pensó Luke.

Sí, pensó Maggie. Era un gesto tan bonito...

La voz del reverendo Mason se convirtió en un murmullo, como un montón de abejas revoloteando a su alrededor, mientras Maggie y Luke seguían mirándose a los ojos. Entonces, de repente, lo que el reverendo estaba diciendo quedó claro para los dos.

—Ahora puedes besar a la novia.

Luke tomó la cara de Maggie entre las manos, la miró fijamente durante unos segundos y luego, lentamente, bajó la cabeza para capturar sus labios en un beso tan tierno, tan reverente, tan... que los ojos de Maggie se llenaron de lágrimas.

El reverendo Mason se aclaró la garganta.

—Sí, bueno, está bien. Gracias a los dos por hacer vuestros papeles de una manera tan convincente.

Luke levantó la cabeza y los dos miraron al reverendo como si no lo hubieran visto nunca.

—Esto... bueno... —continuó él—. Luego presentaré al señor y la señora St. John a la congregación, empezará a sonar la música del órgano y el novio y la novia iniciarán la procesión hasta la puerta. ¿Alguna pregunta?

Ginger se levantó del banco.

–No, ninguna pregunta. Va a ser precioso. Estoy deseando que llegue mañana. Muchísimas gracias, reverendo Mason. Ahora nos vamos al restaurante para la cena de ensayo. Espero que su esposa y usted nos acompañen.

–Encantados –sonrió el reverendo, sin dejar de observar a Luke y Maggie, que seguían mirándole con cara de sorpresa.

Maggie dio un paso atrás para escapar de aquel extraño hechizo, pero no podía borrar la sonrisa de sus labios. Unos labios que aún seguían sintiendo los de Luke, el sabor de Luke, el calor de Luke...

Pero eso no podía ser. Tenía que controlarse.

–Ginger, yo iré un momento al restaurante para comprobar que todo está como hemos pedido, pero luego tengo que irme a casa.

–Pero se supone que ibas a cenar con nosotros –protestó la novia.

–Es que he comido muy tarde. No podría probar bocado, de verdad.

–No seas boba, querida –intervino el señor Barrington–. Todos sabemos cuánto has trabajado durante estos meses para que la boda sea perfecta. Insisto en que cenes con nosotros, aunque no comas mucho.

–Pero...

–Muy bien, ¿todos de acuerdo? Yo estoy muerto de hambre. Vámonos.

–Pero... –volvió a decir Maggie.

–Vamos, señora St. John –dijo Luke, tomándola del brazo.

–¿Qué? ¿Quién?

–Ah, perdón. Es que sigo haciendo el papel del novio. Tú y yo nos hemos casado hace cinco minutos, ¿sabes? Maggie St. John. Suena bien, ¿verdad?

–Ginger St. John suena bien –lo corrigió Maggie–. Lo que hemos hecho era de mentira. Yo soy Maggie Jenkins y pienso seguir siéndolo.

–Ah –Luke asintió con la cabeza.

–¿Qué significa ese «ah»?

–Sólo que ninguno de nosotros tiene una bola de cristal para adivinar el futuro, Maggie Jenkins. ¿Quién sabe lo que puede pasar? ¿Nos vamos?

Sin decir nada más, Maggie procedió a recorrer el pasillo, tomando su bolso del último banco antes de salir de la iglesia.

Fuera, el cielo de verano era como una capa de terciopelo negro bordada con diamantes y la luna parecía de plata... todo lo cual le pasó desapercibido mientras se colocaba tras el volante de su furgoneta dejando escapar un largo suspiro.

«No pienses», se dijo a sí misma. «No pienses en lo que ha pasado en esa iglesia». «No vuelvas a revivir ese beso ni a recordar el brillo de pasión en los ojos de Luke St. John ni a sentir el calor de sus manos». «No hagas eso, Maggie Jenkins». Muy bien, estupendo, no lo haría.

Pero, maldita sea, ¿qué había pasado? Nunca en su vida había experimentado nada tan, tan... lo que fuera. Era como si todo lo que había a su alrededor se hubiese esfumado por arte de magia, dejándola sola con Luke en un sitio maravilloso.

La novia. El novio. El beso. Esa cosa indefinible que se había apoderado de ella. Luke.

Maggie suspiró. Fue un suspiro femenino, soñador, que la hizo sonreír. Pero enseguida golpeó el volante con la palma de la mano.

–Corta el rollo, Maggie Jenkins. Córtalo ahora mismo. Te estás portando como una boba.

Era asombroso, increíble, las tonterías que podía hacer una persona cuando estaba cansada. Eso, por supuesto, lo explicaba todo. Había reaccionado así debido a la fatiga. Ahora que había logrado calmarse un poco y pensaba de forma racional, estaba bien claro.

Al menos nadie se percató de lo que había pasado. Bueno, sí, el reverendo Mason los había mirado de forma inquisitiva, pero nadie más.

Luke y ella habían hecho el papel de los novios y, debido al cansancio o a lo que fuera, se habían dejado llevar durante un segundo. Fin de la historia.

Maggie puso el intermitente y siguió a los demás coches hasta el aparcamiento del restaurante.

Comería algo, pensó, y luego se iría a casa a descansar. No pasaba nada. Tenía que borrar de su mente lo que había ocurrido en la iglesia. No era más que... un momentáneo desmayo, seguramente.

Mientras el grupo entraba en el restaurante, Robert tomó a su hermano del brazo para hablarle aparte:

–¿Te importaría explicarme qué ha pasado entre Maggie y tú durante el ensayo?

–¿Qué quieres decir? Estábamos haciendo el papel de los novios, como se nos había pedido.

–Sí, seguro. Pues desde donde yo estaba no parecía que estuvierais haciendo ningún papel. Te portas de una forma muy rara desde que has conocido a Maggie, Luke.

–Robert, Robert, Robert –sonrió él, sacudiendo la cabeza–. Estás nervioso por la boda y ves cosas raras. Será mejor que te calmes o corres el riesgo de desmayarte mañana ante el altar. Créeme, he estado en muchas bodas y he visto los mismos síntomas en todos los novios.

–¿Ah, sí? –murmuró su hermano, llevándose una mano al pecho–. Pues ahora que lo dices, sí, la verdad es que el corazón me late muy deprisa.

–Yo creo que eres tú el que debería calmarse un poco. Ginger no te lo perdonaría nunca si le estropearas la boda cayéndote de bruces antes de dar el «sí, quiero».

–Tienes razón –asintió Robert–. Muy bien, voy a respirar profundamente... Sí, estoy bien. Estoy bien.

–¡Robert! –lo llamó Ginger–. ¿Pasa algo?

–Es que está emocionado por el ensayo en la iglesia –contestó Luke por él–. Pero ya está bien. Vas a casarte con un hombre muy romántico, Ginger.

–Ay, qué rico eres –sonrió ella, poniéndose de puntillas para darle un beso en los labios–. Te quiero tanto.

–Y yo a ti, cielo.

Y, aunque pareciese increíble, pensó Luke, él quería a Maggie. Aquélla era una noche fuera de serie. Una noche que cambiaría su vida para siempre.

El restaurante donde tendría lugar la cena de ensayo era de cinco tenedores y el maître los llevó hasta una salita reservada para el grupo.

Todo estaba precioso. Los candelabros procuraban una luz muy tenue, como había pedido Maggie, y las copas de cristal y los cubiertos brillaban como si fueran joyas. Había platitos de porcelana tan fina como un papel y pétalos de rosa distribuidos por el mantel de hilo blanco rematado con un bordado de encaje.

Asintiendo con la cabeza en un gesto de aprobación, Maggie se quedó atrás con la intención de sentarse cerca de la puerta para poder marcharse sin llamar mucho la atención. Pero cuando iba a tomar asiento, Luke la agarró del brazo.

–Los novios de pega deben sentarse cerca de los novios de verdad. Es parte de la tradición.

–Eso no es verdad –protestó ella.

–Claro que es verdad –insistió Luke, indignado–. No querrás darle un disgusto a Ginger, ¿verdad? Una persona que se pasa horas buscando almendras recubiertas de yogur para conseguir los colores apropiados no haría nada que estropease la fiesta, ¿no?

–Bueno, el objetivo de Rosas y Sueños es que los novios estén contentos...

–Pues por eso precisamente –sonrió Luke, llevándola hasta el centro de la mesa–. Y por eso tú y yo vamos a sentarnos con los novios antes de que a Ginger le dé algo.

–Pero yo no voy a quedarme mucho rato y...

–Aquí estamos –dijo Luke, apartando una silla–. Enfrente de la feliz pareja.

Los camareros aparecieron entonces para llenar las copas y llevar enormes bandejas de rosbif, verduritas y espárragos colocados de forma artística.

Maggie tuvo que contener otro bostezo.

–Come –le dijo Luke al oído.

–Estoy demasiado cansada para comer.

–Si no comes, Ginger pensará que algo no va bien. Y eso provocaría... no quiero ni pensarlo.

Maggie suspiró mientras tomaba el tenedor.

Las conversaciones aumentaban de volumen, todo el mundo reía y el ambiente era, en general, de alegría y diversión.

Y Maggie se estaba durmiendo.

Los cuatro sorbitos de vino fueron la estocada final y, de repente, no era capaz de abrir los ojos. Cuando empezaba a deslizarse de la silla, Luke la tomó por la cintura.

–Ésa es una anécdota muy divertida, Maggie –dijo, riendo–. Ah, aquí llega el camarero con el café. ¿Quieres uno? Sí, yo creo que sí.

–Sí, mejor sí –asintió ella.

–¿Qué anécdota? Yo quiero que la cuente –intervino Ginger–. Cuéntala, Maggie.

–Pues... –Maggie miró a Luke, horrorizada.

–Verás, es que organizó una boda en la que los novios querían casarse a caballo.

–¿A caballo?

–Como lo oyes. Todo iba bien hasta que el sacerdote, que montaba un semental, iba a declarar a los novios marido y mujer. Entonces el semental captó el olor de una yegua que estaba pastando por allí, salió disparado y... ¡zas! se llevó al sacerdote dejando atrás una nube de polvo.

Todos rieron a carcajadas con la anécdota, inventada por Luke, y luego siguieron con sus conversaciones.

–Es lo más absurdo que he oído en toda mi vida –dijo Maggie en voz baja.

–Pues a mí no me ha parecido tan mal... considerando que se me ha ocurrido en un segundo.

–¿Te importaría soltarme antes de que los demás empiecen a preguntarse qué pasa aquí?

–En cuanto te tomes el café.

–No quiero café.

–Necesitas un poco de cafeína, novia mía.

–No soy tu novia –protestó Maggie–. Y me estás molestando.

–Ah, perdón.

–Quiero decir que me das calor. Hay mucha gente en la habitación y... me das calor.

–¿Tienes calor? –preguntó Luke, con una expresión de pura inocencia en su rostro–. ¿Es por culpa de mi brazo o porque estamos muy cerca?

–Por las dos cosas.

–Qué interesante.

El camarero sirvió los cafés y Maggie se inclinó hacia delante para tomar el suyo, con el brazo de Luke pegado a ella de forma inamovible, por lo visto.

–Ya estoy mejor. Me he despertado, así que ya puedes quitar el brazo. Gracias por tu ayuda.

–De nada –sonrió él–. Dime, Maggie, ¿por qué una persona cuyo objetivo en la vida es organizar bodas perfectas no quiere casarse? Alguien me ha dicho que no tienes intención de hacerlo y siento curiosidad.

–¿Por qué?

–Porque... me pareces una chica encantadora.

–Sí, bueno... es una historia muy larga.

–Tengo tiempo.

–Prefiero no hablar de ello –dijo Maggie entonces, levantándose–. Gracias por la cena, Ginger, Robert. Nos vemos mañana en la iglesia. Adiós a todos.

—Espera un momento –protestó Luke, levantándose también–. Creo que sería mejor que te llevara a casa. Podrías quedarte dormida al volante.

—No, no, estoy perfectamente. Después de ese café estoy muy despierta.

—Pero...

—Adiós.

Mientras Maggie salía del reservado seguida de un coro de despedidas, Luke volvió a sentarse, con el ceño fruncido.

—Maldito café –murmuró.

—¿Qué pasa con el café? –preguntó Ginger.

—Nada, cariño –contestó Robert–. Que anima a personas que otras personas no quieren que se animen.

—¿Perdona?

—Nada, nada –rió su prometido–. Es una broma entre Luke y yo. ¿No te parece que Luke y Maggie hacen una pareja fabulosa?

—Tu nariz se pondrá fabulosa si no te callas –lo amenazó Luke.

Robert soltó una carcajada y Ginger miró de uno a otro sin entender nada, mientras la señora St. John le decía a sus hijos que se comportasen.

—Bueno, yo también me voy –suspiró Luke poco después–. Una cena estupenda. De hecho, todo lo que ha pasado esta noche ha sido estupendo. Memorable.

—No me digas –bromeó Robert.

Luke hizo una pistola imaginaria con los dedos y disparó a su hermano, que no paraba de reírse.

***

Rosas y Sueños estaba en el primer piso de una casa victoriana que Maggie había alquilado en la zona de negocios de Phoenix. Ella vivía en el piso de arriba y la parte de abajo servía como despacho, sala de reuniones y almacén.

El salón original era ahora la sala donde recibía a las clientes y el comedor, su despacho.

Lo que más le gustaba de la casa era la enorme bañera con patas de león que le permitía darse largos baños de espuma cuando estaba muy cansada. Como aquella noche, por ejemplo.

Una hora después de haberse ido del restaurante y soportado el tráfico de la ciudad, Maggie por fin pudo meterse en la bañera y cerrar los ojos.

Menuda noche. Había sido horrible, sencillamente horrible.

Luke St. John era una amenaza. Sí, ésa era la palabra, una amenaza. Un hombre muy peligroso que era una amenaza para su tranquilidad y que le hacía sentir cosas raras. A su libido, para empezar. Y a su corazón. Luke había despertado deseos que ella intentaba controlar... sin mucho éxito.

Definitivamente, una amenaza.

Era lógico que tuviera que quitarse de encima a las mujeres. Tenía algo, un no sé qué inexplicable que despertaba en ella sentimientos que... que ni siquiera sabía que pudiera experimentar. Bueno, pero ahora lo sabía y estaría alerta, se dijo.

Desde luego, parte de esa reacción ante Luke St. John era debida al cansancio, pero tenía la impresión de que incluso descansada podría ser susceptible.

De modo que al día siguiente, durante la boda

y el banquete, tendría que mantener las distancias.

Nada de volver a mirarlo a los ojos, esos ojos increíbles que tenía. Nada de dejar que la tomase del brazo o de la cintura. Y, por Dios, nada de besos que la hacían imaginarlo arrancándole la ropa y...

No, nada de eso. Ya estaba. Ése era el plan. Se alejaría de Luke al día siguiente, la boda tendría lugar sin problema alguno y no volvería a verlo nunca más.

Maggie abrió los ojos y frunció el ceño.

¿No volver a ver a Luke? ¿Nunca? ¿Jamás? No, claro que no. Él era un miembro de la alta sociedad de Phoenix y ella estaba entre los que tenían que pelear todos los meses para pagar el alquiler. Era imposible que sus caminos volvieran a cruzarse.

¿Por qué eso le resultaba tan deprimente?

—Por favor, déjalo ya —murmuró para sí misma.

Estaba pensando esas tonterías por agotamiento, seguro. Sólo tenía que cerrar los ojos de nuevo, dejar la mente en blanco y dormir ocho horas para despertar rejuvenecida y sin volver a acordarse de Luke St. John.

—Ah, qué bien —suspiró, mientras la niebla del sueño empezaba a borrar las imágenes de Luke. Sin darse cuenta, empezó a deslizarse hacia abajo en la bañera. Más abajo, más abajo... hasta que desapareció bajo el agua.

Se incorporó de un salto, escupiendo burbujas, y sus bruscos movimientos hicieron que el agua desbordase la bañera.

Tenía el pelo cubierto de jabón y parecía una tarta nupcial, de modo que ahora tendría que lavárselo. Y tendría que pasar la fregona, y la toalla estaría empapada...

Maggie se puso a llorar.

Lloraba porque se había asustado al quedarse dormida en la bañera y porque las burbujas sabían fatal y le dolía el estómago. Lloraba porque estaba demasiado cansada para lavarse el pelo, que tardaba horas en secar y...

Lloraba porque, por mucho que lo intentase, no podía olvidar que había besado a Luke St. John y no sabía qué hacer con los sentimientos que ese beso había despertado.

Lloraba porque después del día siguiente no volvería a verlo nunca más. Era lo mejor que podía pasar, pero a veces lo mejor que podía pasar era un asco.

Lloraba porque... porque le daba la gana, maldita sea.

Así que lloró hasta que no le quedaron lágrimas y el agua de la bañera se enfrió y el jabón que tenía en el pelo se hubo secado.

Maggie moqueaba mientras salía de la bañera, tomaba la toalla mojada y la tiraba al agua, furiosa. Luego entró en su dormitorio y se metió en la cama.

Y esa noche, durmiendo entre sábanas mojadas, soñó con Luke St. John.

Capítulo Tres

Incapaz de pegar ojo, Luke saltó de la cama y, después de ponerse un albornoz, paseó por su ático, deteniéndose frente a un enorme ventanal desde el que podía ver las luces de la ciudad de Phoenix.

Los pensamientos daban vueltas y vueltas en su cabeza y se llevó las manos a las sientes en un inútil intento de controlarlos.

Maggie, pensó, cruzándose de brazos. Ella era todo lo que había esperado encontrar en una mujer. Sólo habían estado juntos unas horas, pero sabía que era ella, su alma gemela.

Le gustaría ponerse a gritar la fantástica noticia a los cuatro vientos, decirle al mundo entero que estaba enamorado, que había encontrado a la mujer de su vida.

Pero, por otro lado, le aterrorizaba pensar que Maggie no sintiera lo mismo, que se le escapase de entre las manos.

Maggie, por razones que no había querido compartir con él, no quería casarse. Y eso no era bueno, nada bueno. La cuestión era por qué. ¿Habría sufrido alguna decepción amorosa en el pasado? Mataría a ese hombre, pensó Luke. Lo mataría con sus propias manos.

O a lo mejor estaba tan centrada en su trabajo que no había sitio en su vida para un hombre. No, eso no podía ser. Maggie no era ese tipo de mujer. Ella no era de las que querían comerse el mundo, de las que pasarían por encima del cadáver de sus enemigos para llegar arriba.

Maggie era una chica real, normal. Tenía un negocio que consistía en hacer todo lo posible para que las bodas fuesen perfectas, para que ese día fuera realmente especial.

La boda de Ginger y Robert sería perfecta porque Maggie se había encargado de todos los detalles, incluyendo rebuscar entre una montaña de almendras para encontrar unas recubiertas de yogur de limón y menta, que era lo que Ginger le había pedido.

Sí, Maggie sabía cómo hacer que los sueños se convirtieran en realidad, pero no quería una boda espectacular para ella misma, no quería ser la novia, no quería tener al novio esperándola en el altar.

¿Por qué?

Era como si hubiese construido un muro muy alto para proteger su corazón y el mayor miedo de Luke era no poder romperlo.

Sin embargo, estaba casi seguro de que Maggie había respondido mientras se besaban en la iglesia. Y había visto el deseo en sus ojos de gacela.

Ese beso había sido el primer golpe en el muro que rodeaba su corazón. Era un principio, pero aún le quedaba un largo camino por delante.

Su primer impulso había sido pedirle que saliera a cenar con él una noche, pero algo le dijo que ella rechazaría la invitación. Estaba sorprendida por su propia reacción ante aquel beso y se había marchado de la cena lo antes posible.

No, el programa tradicional de flores, bombones e invitaciones a cenar no funcionaría con ella.

Necesitaba un plan innovador, pensó Luke. Y sería mejor que se le ocurriera rápidamente. Vería a Maggie en la boda al día siguiente, pero estaba seguro de que si le pedía que saliera con él le diría que no automáticamente.

¿Por qué?, se preguntó. ¿Qué secreto escondía? ¿Por qué no quería casarse y ser feliz para siempre? ¿Por qué no quería ser la novia en una de sus bien organizadas bodas?

No sabía la respuesta a ninguna de esas preguntas. Y tampoco sabía cómo iba a volver a verla tras la boda de Ginger y Robert. Ni cómo iba a poder enfrentarse con un futuro helado y vacío sin ella.

En fin, lo primero era lo primero, pensó, dirigiéndose a su habitación para dormir un par de horas. Iba a empezar la mayor batalla de su vida y Luke estaba decidido a ganar. Como fuera. Acabaría siendo el vencedor, estaba seguro. Rompería el muro que Maggie había construido alrededor de su corazón y compartiría su vida con ella. Como fuera.

Al día siguiente, Maggie entró en casa de su madre y le dio una bolsa de plástico.

–¿Qué es esto, cariño? –preguntó Martha Jenkins.

–Almendras –contestó ella, sentándose frente a la mesa de la cocina–. Almendras recubiertas de yogur en todos los colores del arco iris... excepto el amarillo y el verde.

Martha rió mientras se sentaba frente a su hija. Era una mujer atractiva, aunque nadie volvería la cabeza cuando entrase en una habitación. Tenía el pelo castaño lleno de canas, que no le apetecía disimular, y hacía tiempo que había abandonado la ilusión de perder los diez kilos que le sobraban.

–Justo lo que necesito, más dulces. Pero qué demonios, me las comeré. ¿Te han sobrado de alguna boda?

–Sí, de la última. Ginger quería que pusiéramos copitas con almendras recubiertas de yogur de limón y menta porque el amarillo y el verde son sus colores favoritos. ¿Qué te parece?

–Muy bien –sonrió su madre.

–Sí, bueno, en fin, supongo que tiene derecho a exigir lo que le dé la gana. Al fin y al cabo, es su día.

–Eso es verdad. Aunque una boda bonita no garantiza un matrimonio duradero. Las cosas se rompen, como demuestra el hecho de que tu padre se fuera cuando tú tenías diez años. No he vuelto a saber nada de él –Marta se metió dos almendras en la boca–. Ah, qué ricas están.

–Yo creo que Ginger y Robert seguirán juntos para siempre, mamá. Si pudieras verlos... bueno, da igual.

–Maggie, cariño, me preocupas –dijo su madre entonces–. ¿Por qué te has convertido en organizadora de bodas cuando hay tantas otras cosas que podrías hacer? ¿Por qué te torturas creando esos eventos tan bonitos para otras personas cuando tú...?

–¿Cuando yo no voy a casarme nunca?

–Sí –dijo Martha, dándole un golpecito en la mano–. Exactamente.

Una repentina y muy vívida imagen de Luke apareció en la cabeza de Maggie. Una imagen que le hizo sentir un escalofrío.

–A lo mejor tienes razón. A lo mejor Rosas y Sueños ha sido un terrible error. Durante el último año he trabajado tanto que estaba contenta, pero ahora...

–¿Ha ocurrido algo? –preguntó su madre.

–No, la verdad es que no –murmuró Maggie–. Es que ésta es una boda complicada, con muchísima gente y... después de trabajar en ella tantos meses voy a echarlos de menos. Aunque me servirá para conseguir publicidad, claro. Los Barrington y los St. John son dos familias muy conocidas en Phoenix, así que espero que otras familias del mismo nivel me llamen... bueno, en fin, no me hagas caso. Hoy estoy un poco rarita. Come otra almendra, mamá. El yogur es bueno.

–Pero las almendras engordan –le recordó Martha, riendo.

–¿Cómo va todo?

–Como siempre –respondió su madre–. Ahora dirijo el departamento de ropa de niños con los ojos cerrados. Llevo tanto tiempo haciéndolo... No me gusta, aunque tampoco me disgusta. Me paga el alquiler, así que no puedo quejarme, hija.

–Claro que no, mamá. Es un buen trabajo.

–He conseguido llegar a jefa de departamento y empecé siendo una simple dependienta. Estoy orgullosa de mí misma.

–Y debes estarlo –sonrió Maggie–. Yo también estoy orgullosa de ti.

–Seguiré trabajando hasta que me jubile. ¿Y tú? ¿Piensas seguir con tu empresa para siempre?

–No lo sé –contestó Maggie, tomando una almendra–. Estoy un poco cansada. Pero después de esta noche tomaré una decisión, supongo. Tengo que dormir, dormir, dormir, dormir. Estoy agotada y ahora no es momento para analizar nada.

–Me parece muy bien –asintió Martha–. Ojalá las cosas fueran diferentes, cariño. Ojalá estuvieras organizando tu propia boda, pero... no es justo, ¿verdad? Lo sé, lo sé, nadie ha dicho que la vida sea justa.

–No –asintió Maggie–. Nadie ha dicho eso.

Madre e hija charlaron durante un rato. Martha le contó los últimos cotilleos del barrio, incluyendo la noticia de que otra de sus amigas de la infancia iba a casarse, algo que no mejoró el humor de Maggie en absoluto.

Otra novia, pensó, mientras se despedía media hora después. Otra novia que no era ella. Su madre le había hablado de Rosas y Sueños pero, debido a un presupuesto muy limitado, la pareja pensaba casarse por lo civil y celebrar el banquete en un restaurante del barrio.

No, pensó mientras subía a su furgoneta, no estaba deprimida porque su amiga no hubiera contratado sus servicios como organizadora de bodas, sino porque su amiga iba a casarse, porque había encontrado al hombre de su vida y vivirían felices para siempre.

Felices para siempre, pensó, suspirando. Todos

los novios pensaban que ése era su destino, que estarían juntos hasta la muerte. Y para algunos, los más afortunados, era cierto. Pero para otros...

–No sigas por ahí –murmuró–. Vete a casa, cómete una tonelada de almendras y deja de pensar. Y hagas lo que hagas, no te acuerdes de Luke St. John.

Meses antes, Maggie se había comprado un vestido carísimo. Tan caro que lo llamaba «El Vestido», así, entre comillas y con mayúsculas. Era un conjunto de gasa verde mar, con una camisola bordada en el escote y una falda por la rodilla que flotaba alrededor de sus piernas. En los pies, unas sandalias con casi diez centímetros de tacón. Si el evento tenía lugar en invierno, se ponía un chal de color blanco roto que había sido de su abuela.

El hecho de que llevara el mismo vestido a todas las bodas era insustancial porque nadie se fijaba en ella. No era más que una figura situada siempre al fondo, moviéndose de un lado a otro para que todo quedase perfecto.

Llevando «El Vestido», Maggie entró en la iglesia una hora antes de la ceremonia y comprobó que todas las flores estaban en su sitio. Y las tres velas frente al altar. Las dos que Ginger y Robert debían apagar eran amarillas y la que iban a encender, de color verde menta.

Maggie se quedó parada delante del altar, recordando cómo el reverendo Mason les había explicado a Luke y a ella lo que tendrían que hacer mientras interpretaban el papel de los novios.

Sabiendo que estaba haciendo el ridículo, tomó una de las velas amarillas y miró a la derecha, imaginando que Luke estaba a su lado. Entonces sopló la imaginaria llama y vio, *de verdad vio*, que se encendía la vela verde.

«Maggie, detente», se dijo a sí misma. Ya estaba bien de tonterías.

Pero cuando se dio la vuelta, su corazón se detuvo durante una décima de segundo al ver a Luke en la puerta de la iglesia con un portatrajes al hombro, observando la escena.

—Hola, Luke —lo saludó, mirando un espacio vacío sobre su cabeza—. Estaba comprobando que... las velas estuvieran en su sitio. Detalles, detalles, detalles. No te puedes imaginar la cantidad de detalles que hay que controlar en una ceremonia como ésta. Y ése es mi trabajo, comprobar que todo está a punto y...

—Estás preciosa —la interrumpió Luke—. Tan guapa como una novia.

—Sí, bueno, gracias —intentó sonreír ella—. Este es «El Vestido».

—¿Qué?

—En fin, bueno, da igual, no importa... Supongo que eso es tu esmoquin.

—Así es.

—Ginger cambió de opinión tres veces antes de decidirse. No sabía si quería que los testigos llevaran esmoquin, chaqué o frac. En general, en las bodas la gente suele llevar esmoquin, pero... En fin, lo mejor será que vaya a ver cómo está la novia y...

—Maggie, mírame —dijo él entonces.

—Es que no tengo tiempo, Luke.

—Mírame.

Maggie levantó la mirada y, en cuanto sus ojos se clavaron en los de Luke, se sintió mareada, como si estuviera flotando.

–¿Sí?

–¿Bailarás conmigo después del banquete?

–No. No puedo porque yo no tomo parte en la celebración. Tengo que comprobar que todo está a punto, así que no. Nada de bailar. Lo siento. Tengo que irme. Adiós.

–Maggie, ¿por qué te pongo nerviosa? –preguntó Luke entonces.

–¿Nerviosa? ¿Yo? No seas bobo, no eres tú, es la boda. La reputación de Rosas y Sueños depende de cómo salga. Todo tiene que ser perfecto.

–Ah, ya. Y eso incluye contentar a todo el mundo, ¿no?

–Sí, supongo que sí.

–Entonces, prométeme que bailarás conmigo. Sólo un baile, Maggie. No es mucho pedir. Y no querrás que el padrino se lleve un disgusto, ¿verdad? Que Dios no lo permita.

Maggie arrugó la nariz.

–¿Siempre consigues lo que quieres?

–Cuando es importante para mí, sí –le confesó él–. ¿Trato hecho entonces? ¿Un baile?

–Bueno, de acuerdo –se rindió Maggie por fin–. Pero si algo sale mal será culpa tuya, Luke St. John.

–Me parece bien. Nos vemos después.

Maggie desapareció a la carrera y él se quedó mirando las velas que simbolizaban la unión entre dos personas. Luego asintió con la cabeza y se volvió hacia la habitación en la que iban a cambiarse el novio, el padrino y los testigos.

Maggie estaba preparada para lidiar con una Ginger histérica pero, para su completo asombro, la novia parecía muy serena.

–¿Te encuentras bien?

–Estoy a punto de casarme con el hombre al que amo con todo mi corazón, Maggie –contestó ella–. Sólo puedo pensar en eso. Es raro, ¿verdad? Llevo meses dándote la lata con los colores, las telas, las flores... las almendras. Y ahora, de repente, nada de eso es importante.

–A mí me parece maravilloso –sonrió Maggie–. Y estás preciosa con ese vestido, Ginger. Espero que Robert y tú seáis muy, muy felices.

–Lo seremos –afirmó ella, absolutamente convencida–. Sé que vamos a serlo.

¿Para siempre?, se preguntó Maggie. ¿Hasta que la muerte los separase? ¿Qué posibilidades había de que fuera así?

–Madre, tienes que dejar de llorar o saldrás en las fotografías con los ojos hinchados.

–Lo sé, lo sé –asintió la señora Barrington–. Pero eres mi niña y... ay, hija, qué emocionada estoy.

–Bueno, ya es la hora –anunció Maggie, mirando el reloj–. Madres, por favor, ya pueden sentarse en sus asientos. Las damas de honor pueden salir. Estáis guapísimas todas, por cierto.

–Yo parezco una de esas almendras –protestó Tiffy, mirándose al espejo–. No me gusta nada el vestido.

Maggie se colocó directamente delante del espejo.

–Si quieres seguir viva saldrás ahora mismo sin decir una palabra –le dijo en voz baja.

–No puedes hablarme así.

–Claro que puedo –replicó ella.

–Muy bien, de acuerdo, ya voy –murmuró Tiffy, asustada.

Maggie levantó los ojos al cielo.

–Si Tiffy se casa algún día, seguro que Rosas y Sueños no le organiza la boda –murmuró para sí misma.

Trescientos invitados fueron testigos de la boda de Ginger Barrington y Robert St. John. Desde el último banco de la iglesia, Maggie Jenkins se emocionó mirando a Luke durante la ceremonia.

Qué bien le quedaba el esmoquin. Era un escándalo. La chaqueta, hecha a medida, destacaba la anchura de sus hombros. Y esas manos tan grandes y tan fuertes entregaron el anillo en el momento exacto.

La sonrisa de Luke cuando Robert besó a su flamante esposa hizo que Maggie se estremeciera. Luego, el reverendo Mason presentó a la señora y el señor St. John a la congregación y la música del órgano anunció que los novios estaban a punto de salir de la iglesia, con la sonriente novia y el emocionado novio guiando la procesión.

Cuando Luke y la primera dama de honor pasaron a su lado, Maggie sintió los ojos del hombre clavados en ella e intentó disimular un escalofrío.

¿Cómo iba a bailar con él sin con una sola mirada hacía que le temblasen las piernas?, se preguntó.

Una promesa era una promesa, pero... si se ocupaba de los detalles y conseguía olvidarse de Luke, quizá no habría baile. Tendría que hacer un esfuerzo para evitarlo a toda costa y estar alerta para alejarse de su lado, pero estaba segura de que podría hacerlo.

–Buen plan –murmuró–. Maggie, eres un hacha.

El banquete tuvo lugar en uno de los clubs de campo más exclusivos de Phoenix, en un enorme salón con mesas redondas y manteles de seda amarilla o verde menta, con una vela del otro color en un cilindro de cristal.

Una orquesta de diez músicos tocó piezas suaves durante la cena y luego cambió a música de baile, la que había elegido Ginger, después de los brindis, los discursos y la ceremonia de cortar la tarta.

Todo iba como un reloj y Maggie empezó a relajarse. Lo había conseguido, pensaba, sentada en una esquina. Rosas y Sueños había conseguido hacerse un sitio en la alta sociedad de Phoenix.

Aunque frunció el ceño al recordar la conversación con su madre.

Pero no iba a pensar en eso ahora, decidió. Aquella era una noche de fiesta y el resultado de su trabajo había sido sencillamente perfecto.

Tuvo que sonreír al ver a Ginger y Robert en la pista de baile.

«Qué bonito», pensó. Eran tan felices que sólo tenían ojos el uno para el otro. Y bailaban tan bien...

Maggie, de repente, se levantó de la silla.

«Bailar», pensó. Otras parejas se habían unido a los novios... ¿Dónde estaba Luke? Debía tener cuidado.

Ah, allí estaba, bailando con Ginger. Y ahora con su madre. Era poesía en movimiento aquel hombre. Oh, no. Acababa de besar la mano de su madre y... no, no, no, se dirigía hacia ella.

Maggie corrió hacia la mesa principal y dio instrucciones al camarero para que cortase un trozo de tarta y lo congelase, como era la costumbre, para que Ginger y Robert lo tomaran en su primer aniversario.

–Dáselo a la madre de la novia.

–Ya me lo dijiste la semana pasada, Maggie –contestó el hombre, un poco molesto–. No tienes que repetirlo cien veces.

–Lo siento, es verdad. ¿Cómo va el champán?

–Bien –respondió el camarero, levantando los ojos al cielo.

–¿Seguro que hay suficiente para toda la noche?

–Todo está saliendo a la perfección. ¿No tienes que comprobar algún otro detalle?

–Sí, bueno... creo que voy al lavabo.

–Buena idea. Y no hace falta que te des prisa en volver.

–Seguid así, lo estáis haciendo muy bien –sonrió Maggie, antes de salir a la carrera.

Cuando entró en el lavabo se percató de que era más grande que el primer piso de su casa. Había una enorme sala con sofás, cestitas de flores secas y varias mujeres arreglándose el maquillaje y comentando detalles de la boda. Por lo visto, todas estaban enacantadas.

No tenía sentido quedarse allí con tanta gente, pensó Maggie. Además, se había dejado el bolso en la cocina y no podía ponerse brillo en los labios ni arreglarse el pelo.

Podía salir del lavabo, no había ningún problema. Porque aunque Luke la hubiera visto entrar, era muy poco probable que estuviese esperándola. La gente con dinero no hacía esas cosas. No, la gente con dinero era más recatada.

Satisfecha, Maggie abrió la puerta y...

Se chocó de cabeza contra el pecho de Luke St. John.

Capítulo Cuatro

Maggie tuvo que contener una exclamación mientras intentaba no perder el equilibrio después del choque. Pero Luke la sujetó de todas formas.

—Vaya, qué curioso que nos encontremos aquí.

—Luke... —murmuró ella, mirando a un lado y a otro—. No puedes quedarte esperando en la puerta del lavabo de señoras. No está bien, no es apropiado. Tu madre se sentiría mortificada si te viera.

—Mi madre no está aquí —contestó él—. Pero tú sí. Desde que empezó el baile te he visto yendo de un lado a otro como si fueras una pelota de ping-pong. Tengo la impresión de que no pensabas cumplir tu promesa.

—Pues...

—Y tú hablas de madres mortificadas. ¿Cómo se sentiría la tuya si supiera que su hija no cumple su palabra?

Maggie abrió la boca para decir algo en su defensa, pero se dio cuenta de que no había nada que decir.

—¿Qué tal: es que tenía que encargarme de todos los detalles?

—No, eso ya no funciona. Todo ha salido de maravilla y estoy seguro de que no te queda nada más que hacer.

–Pues es que... tenía que pintarme los labios, como están haciendo todas las señoras en el lavabo.

–Eso podría creerlo... pero ¿dónde está tu bolso? No llevas bolso, de modo que no tienes barra de labios.

–Ah.

–Maggie, ¿no quieres bailar conmigo?

–Sí, claro que quiero. Es que...

–Estupendo, entonces vamos a bailar –la interrumpió Luke, tomando su mano.

–Pero...

La puerta del lavabo se abrió en ese momento y tres jóvenes que iban a salir se detuvieron para no chocarse con la pareja.

–Vaya, Luke St. John –dijo una de ellas–. ¿Qué haces en la puerta del lavabo de señoras? ¿Te has perdido?

–No, en absoluto –contestó él–. He venido a buscar a mi pareja para el vals. He pensado que sería un detalle escoltarla hasta la pista de baile.

–Oh, qué detalle tan encantador –dijo otra de las chicas.

–Es que soy un hombre encantador –bromeó Luke–. Vamos, Maggie.

–Qué suerte tienes, Maggie –dijo la tercera chica, suspirando–. Llevo años intentando que Luke me escolte donde sea, pero no ha habido manera. ¿Qué sabes tú que yo no sé?

–No tengo ni idea –contestó ella.

–Que lo pasen bien, señoritas –dijo Luke, llevándose a Maggie de la mano.

Cuando llegaron a la pista de baile, la orquesta

dejó de tocar la pieza que estaba tocando y empezó a tocar un vals.

—Perfecto —dijo Luke, con una sonrisa en los labios.

Y, de repente, Maggie estaba entre sus brazos, moviéndose al ritmo de la música como si llevaran bailando juntos toda la vida. Pero mientras bailaban intentó no hacerle caso a una vocecita que le decía que estaba en zona de peligro, que debía apartarse lo antes posible.

—Qué bien hueles —dijo Luke—. ¿Qué perfume llevas?

—No llevo perfume, es el gel de baño —contestó ella.

Luke St. John rió y el sonido, tan sexy, la hizo estremecer.

—¿Tienes frío? —preguntó él entonces, apretándola un poco más.

Los pechos de Maggie estaban aplastados contra su torso y se sentía increíblemente femenina, en contraste con su descarada masculinidad

—No, no tengo nada de frío.

—Me gusta tenerte entre mis brazos, Maggie. Es perfecto, absolutamente perfecto.

—Sí, bueno... —Maggie había empezado a decir algo pero no se le ocurría cómo acabar la frase.

Y la música seguía sonando.

La gente que había a su alrededor desapareció, junto con el ruido de las conversaciones. El propio salón de baile dejó de existir. Sólo estaban ellos y la música, envueltos en una especie de niebla.

«Ah, Maggie», pensó Luke. Quería que aquel vals no terminase nunca. Tenerla entre sus brazos era como un sueño, mejor que un sueño. Parecía estar hecha expresamente para él. Y así era porque Maggie era su otra mitad, su alma gemela, y la amaba con una intensidad indescriptible.

Bailaban como Cenicienta y el príncipe. Pero en el cuento tenían que separarse cuando daban las doce y el pobre príncipe se quedaba solo, preguntándose si volvería a ver a su amor alguna vez.

Bueno, pues eso no le iba a pasar a él. Porque a él se le iba a ocurrir un plan para ver a Maggie sin arriesgarse al rechazo.

Pero, ¿cómo demonios iba a hacer eso?

¿De dónde iba a salir ese plan genial? Luke le había dado vueltas hasta que le dolía la cabeza y seguía sin tener nada.

«Piensa, St. John, piensa». Todo su futuro dependía de ese plan.

Entonces terminó el vals.

«No», pensó Luke. «Todavía no».

–¿Luke? –lo llamó Maggie. Se habían detenido, pero él no la soltaba.

–¿Sí?

–¿Podríamos bailar otra canción?

–Sí –contestó Luke. Podría bailar la vida entera–. Será un placer.

Entonces empezó otro vals y volvieron a girar sobre la pista de baile.

¿Qué la había poseído para pedirle a Luke que siguieran bailando?, se preguntó Maggie, colorada hasta la raíz del pelo. No sólo era un gesto descarado, sino absurdo. Supuestamente, tenía que poner distancia entre ellos, no suplicarle que la abrazase.

Pero le gustaba tanto estar entre sus brazos y bailaba tan bien que se sentía transformada en Ginger Rogers. ¿Qué daño podía hacer otro vals? No volvería a ver a Luke después de aquella noche, después de todo. ¿Importaba tanto que guardase el recuerdo de dos bailes en lugar de uno? No, seguro que no.

Era como la historia de Cenicienta, pero aquel príncipe no iba a correr por todo el reino de Phoenix buscando a una chica a la que le valiese el zapato. No, allí se acababa todo y esa idea era tan deprimente que tuvo que hacer un esfuerzo para no ponerse a llorar.

Pronto, demasiado pronto, el segundo vals terminó. Maggie respiró profundamente y luego dio un paso atrás.

–Gracias –sonrió–. Ha sido muy bonito... Pero tengo que comprobar que todo está en su sitio y... Ha sido un placer bailar contigo, Luke. Adiós.

–Buenas noches –se despidió él.

Maggie se abrió paso entre la gente y Luke la observó alejarse antes de volver a la mesa principal. Se sentó al lado de su padre, un señor de pelo cano y aspecto muy distinguido.

–Todo ha salido de maravilla, ¿verdad, hijo? –sonrió Mason St. John–. Tu hermano y Ginger deben estar encantados.

–Sí, supongo que sí –contestó Luke, distraído.

–Tu madre sigue bailando –siguió su padre–. Lo está pasando de cine.

–Sí.

–La tarta estaba deliciosa –añadió Mason–. Algunas de las que he tomado en otras bodas estaban secas. Y con esos muñequitos de plástico encima...

–Sí.

–Me parece que en Maggie Jenkins has encontrado la horma de tu zapato, hijo –dijo entonces Mason St. John–. Tengo la impresión de que esta vez va en serio.

–¿Eh? –Luke salió de su ensoñación y miró a su padre, sorprendido–. ¿Qué has dicho?

Mason soltó una carcajada.

–Ya sabía yo que eso te despertaría. Te he estado observando, Luke. Estás perdido.

–¿Qué?

–Empezaba a pensar que no había una mujer en todo Phoenix que pudiera hacerte perder la cabeza pero, evidentemente, Maggie Jenkins lo ha conseguido. Lo que no entiendo es por qué pareces tan triste.

–Es muy sencillo, papá –suspiró Luke–. Maggie es una magnífica organizadora de bodas, pero no quiere casarse.

–¿Por qué?

–No lo sé. No tiene intención de casarse y me lo ha dicho con toda claridad.

–¿Le has preguntado por qué?

–Sí. Y me ha dicho que era una historia muy larga.

–Vaya, qué curioso.

–No sé si tú crees en el amor a primera vista, pero eso es lo que me ha pasado –suspiró Luke entonces–. Estoy locamente enamorado de esa mujer y ella no quiere saber nada de mí.

–Vaya, vaya –murmuró Mason St. John–. Sí, creo en el amor a primera vista, por cierto. Yo me enamoré de tu madre cuando estábamos en séptimo. Se le soltó el aparato que llevaba en los dientes y me dio en un ojo.

–Qué romántico.

–Aunque no lo creas, lo fue para mí. En cuanto a Maggie... está claro que debes trazar un plan para conquistarla.

–Sí, eso ya lo sé, un plan. Pero no se me ocurre nada.

–Maggie no es el tipo de chica que se rinde ante un ramo de flores o una cena.

–Lo sé –murmuró Luke, pensativo–. Yo creo que saldría corriendo si un hombre la cortejase a la antigua. Puedo ver literalmente el muro que ha construido alrededor de su corazón.

–Entonces tendrás que romper ese muro –sonrió su padre–. Vamos, Luke. Tú eres un St. John, nosotros somos ganadores natos así que ni pienses en la palabra «derrota».

–En los Juzgados, desde luego que no –suspiró él–. Pero tratar con mujeres es completamente diferente, papá. Hay que entender la mente femenina y no sé si hay un solo hombre en la tierra que pueda hacer eso.

–Sí, es verdad. Después de tantos años, sigo sin entender muchas de las reacciones de tu madre. De modo que esto va a ser un reto para ti.

–El más importante de mi vida –asintió Luke–. Necesito desesperadamente una idea.

–Desde luego –murmuró Mason, pensativo–. Espero que la encuentres y, cuando lo hagas, cuéntame cómo te va.

–Muy bien. Mientras tanto, pásame el champán. A lo mejor hay una respuesta mágica esperándome en las burbujas.

Su padre rió mientras le pasaba la botella.

–Lo único que hay ahí es una posible resaca.

–Da igual –suspiró Luke, llenando su copa hasta el borde.

A la mañana siguiente, Luke se dio la vuelta en la cama, abrió los ojos y dejó escapar un gemido de agonía. Cerró los ojos de nuevo, se llevó una mano a la frente y dejó caer el brazo de golpe.

Estaba muriéndose, pensó. O eso o algún idiota estaba tocando los bongos en su cabeza porque le dolían hasta los dientes. Para sobrevivir tendría que cortarse la cabeza y esperar que le creciese una nueva.

–Odio el champán –murmuró–. No vuelvo a tomar champán en la vida. Y todo es culpa de Maggie Jenkins, maldita sea.

Luke abrió los ojos despacito y luego se incorporó con mucho cuidado.

No podía creer que se hubiera emborrachado. No lo había hecho desde la universidad. Pero allí estaba, llenando su copa de champán una y otra vez...

Recordaba vagamente a su padre riéndose de él y luego pidiéndole las llaves del coche...

¿Cómo había llegado a casa? Ah, sí, su padre lo había llevado en su coche mientras su madre conducía el Mercedes familiar. Y ella también parecía haberlo pasado de miedo riéndose de su borrachera.

Qué asco de padres, pensó.

Al menos Robert no sabía nada. Robert y Ginger se habían cambiado de ropa después del primer vals y se habían despedido de todos los invitados para empezar su luna de miel en Grecia.

Su luna de miel. Porque acababan de casarse. El señor y la señora St. John. Robert y Ginger eran tan felices que le daban ganas de vomitar. No, eso no era justo. Estaba muy contento de que su hermano hubiera encontrado a la mujer de su vida, pero al siguiente año seguramente tendrían el primer nieto de Mason St. John...

Un asco, sí.

—Déjalo ya —murmuró, el sonido de su voz aumentando el dolor de cabeza.

Estaba tan celoso de Robert y Ginger que era un crimen. Y de sus padres, y de todas las parejas enamoradas que había en el mundo.

Pero cuidado, porque Luke St. John también estaba enamorado y... se había emborrachado porque la mujer de sus sueños no estaba enamorada de él. Qué condena.

Luke se levantó como pudo y entró en el cuarto de baño para darse una larga y refrescante ducha. Después se puso unos vaqueros y una camiseta, tomó cuatro tazas de café y dos aspirinas y decidió que, en fin, viviría.

Más tarde entró en el salón y se dejó caer en el sofá, mirando al techo.

¿Cuánta gente habría decidido dar el gran paso después de ver la preciosa boda de Ginger Barrington y Robert St. John?, se preguntó. Muchos, seguro. Y todo gracias a Maggie. ¿Su teléfono estaría sonando en aquel mismo instante? ¿Habría nuevas parejas deseando que ella organizase otra boda de ensueño?

Eso era lo que a él le gustaría hacer, ayudarla a organizar la boda más increíble de todas...

Luke se incorporó de un salto y el brusco movimiento hizo que le diera vueltas la cabeza.

«Eso es», pensó. Incluso a través de la niebla producida por la resaca podía verlo.

El Plan.

–¡Sí! –exclamó, levantando el puño.

Maggie pasó el domingo revisando papeles, haciendo la colada y limpiando su olvidado apartamento en el piso de arriba.

Hecho eso, fue al supermercado para llenar la nevera y luego hizo la cena: pollo asado con puré de patatas y una ensalada de frutas. De ese modo, pensó, satisfecha, le quedaría pollo suficiente con el que hacer ensalada o sándwiches para toda la semana.

Lo que no hizo fue pensar en Luke.

Al despertar aquella mañana había jurado que no pensaría en Luke St. John y no iba a hacerlo. No reviviría el beso que se habían dado en la iglesia ni los valses que habían bailado durante la boda.

No recordaría lo que sintió cuando Luke posó los labios sobre los suyos ni cuando la tomó entre sus brazos en la pista de baile.

No recordaría sus ojos castaños, su pelo, sus anchos hombros y aquellas manos tan fuertes, tan masculinas.

Durante todo el día se concentró en las tareas para estar ocupada, ocupada, ocupada, y se sintió muy orgullosa de sí misma por su dominio de sí.

Luke y el éxito de la boda St. John–Barrington ya era algo del pasado. Se había terminado, fuera, *kaput*, y sólo tenía que pensar en su siguiente proyecto. Estaba segura de que, a partir del lunes, su teléfono no dejaría de sonar.

Mentalmente se dio una palmadita en la espalda por haber hecho tan bien el trabajo. La boda había salido exactamente como estaba planeada.

Pero entonces se quedó sin cosas que hacer.

Había limpiado la cocina hasta dejarla brillante, había tomado un baño de espuma en su gran bañera y luego se tumbó en el sofá con un camisón rosa de algodón tipo abuela que era perfecto para una cálida noche de verano.

Maggie miró el reloj y frunció el ceño al ver que sólo eran las ocho y media. Estaba agotada, pero no tenía sueño.

–La televisión –murmuró, tomando el mando.

Buscó algo interesante, suspiró y apagó el televisor porque no había nada que ver. Como siempre.

–¡Un libro! –exclamó, tomando una novela de la mesa.

Después de leer la misma página cuatro veces sin enterarse de lo que decía, volvió a dejar la novela sobre la mesa y se cruzó de brazos, mirando al techo de nuevo.

Y pensó en Luke St. John.

–Esto es absurdo, absurdo, absurdo.

Bueno, pensó, quizá no lo era. Quizá podía pensar en él un poquito. Lo había mantenido apartado de su cabeza durante todo el día, pero si seguía esforzándose tanto para no pensar en él podría acabar desmayándose.

Muy bien, llegaría a un acuerdo consigo misma: podía pensar en Luke St. John durante un ratito. Podía recordar los valses que había bailado con él, recordar sus hombros, el olor de su colonia, lo que había sentido cuando estaba entre sus brazos...

Y luego guardaría esos recuerdos como un preciado tesoro en una cámara secreta de su corazón para no sacarlos nunca más. Y se acabó.

–Muy bien –murmuró, asintiendo con la cabeza–. Ponte a ello, Maggie.

Y lo hizo.

Y pasó la noche dando vueltas y vueltas en la cama, alternando entre ardientes olas de deseo y el frío de la soledad.

A la mañana siguiente, Maggie estaba en su despacho mirando el teléfono, que no había sonado una sola vez.

Bueno, no importaba, pensó. Eso no significaba que no fuese a llamar nadie. Había visto a mucha gente tomar tarjetas de su empresa durante el banquete y, tarde o temprano, alguien se pondría en contacto con ella.

Estaba siendo un poco impaciente. Las futuras novias aún tenían que bajar de la nube después de una ceremonia tan perfecta para decidir cómo querían que fuese la suya. Lo pensarían y después llamarían a Rosas y Sueños para encargarle la organización. Seguro.

Maggie salió del despacho y entró en la sala de recepción para colocar los álbumes, las fotografías y todo lo demás. Aunque todo estaba colocadísimo. Puso las sillas en otra posición, dos veces, y luego volvió a ponerlas como estaban antes.

Suspirando, volvió a su despacho, se sentó frente al escritorio y se puso a hacer dibujitos en un papel mientras comía almendras.

Estaba cansada, pensó, y eso era culpa de Luke St. John. Le había regalado varias horas la noche anterior, pero desde luego no lo había invitado a entrar en su cama y en sus sueños... en los que tuvo cuando, por fin, se quedó dormida. Qué hombre tan grosero. Se negaba a quedarse tras la puerta del dormitorio como ella le había ordenado, maldición.

Entonces sonó la campanita de la puerta y Maggie se levantó de un salto, a punto de tirar la silla en el proceso.

Pero se dijo a sí misma que debía calmarse y mantener una actitud profesional. Para ello, respiró profundamente mientras se pasaba una mano por el top de seda azul y la cinturilla de los pantalones blancos. Y consiguió llegar hasta la entrada despacio, caminando como una señorita. Que no estaba histérica.

Pero al ver a la persona que estaba en la puerta se detuvo de golpe y se le olvidó respirar.

–Hola, Maggie.

Luke St. John.

Aquello era absurdo, pensó Maggie, tomando aire a borbotones para no morirse allí mismo. Luke no podía estar ahí, guapísimo con aquellos vaqueros y una camisa gris. Ella misma había conjurado su imagen de tanto pensar en él.

–¿Maggie? ¿Hola?

–No estás aquí –dijo ella, cerrando los ojos y moviendo una mano–. Puf, ya no estás –luego esperó y puso un dedo sobre el pecho de Luke, esperando que no estuviera allí. Pero se encontró con algo duro como una roca. Entonces abrió los ojos–. Ay, Dios mío, estás aquí. ¿Por qué estas aquí?

Luke se cruzó de brazos y miró al suelo para disimular la risa.

Cómo amaba a aquella mujer, pensó. Evidentemente, Maggie se había quedado de piedra al verlo en Rosas y Sueños y ésa era una buena noticia. Una muy buena noticia. Si no tuviera ningún impacto en ella estaría perdido.

Se había puesto colorada y eso le resultaba encantador. Maggie era una persona genuina, sincera. Desearía tomarla entre sus brazos y...

–¿Señor St. John? ¿Puedo ayudarlo en algo?

–Me temo que nadie puede hacer nada por mí –contestó él, mirándola a los ojos.

–¿Perdón?

–Da igual. Y sí puede ayudarme, *señorita Jenkins*. Necesito su ayuda desesperadamente.

Era el momento, pensó, sintiendo que una gota de sudor corría por su espalda. Estaba poniendo El Plan en marcha. E iba a funcionar. Tenía que funcionar.

–¿Mi ayuda? ¿En qué sentido?

–Tengo que organizar una boda.

«Cielos, no», pensó Maggie, que se había puesto pálida. ¿Luke St. John iba a casarse? ¿Cómo podía hacer tal cosa? Pero si ni siquiera había ido con su novia a la boda de Robert, por el amor de Dios. Y por el amor de Dios tenía que controlarse porque estaba a punto de llorar.

–¿Te encuentras bien? Estás muy pálida. ¿Por qué no nos sentamos un momento en ese bonito sofá?

–Yo me sentaré en ese bonito sofá, tú siéntate en el sillón.

Luke levantó las dos manos.

–Ningún problema. Lo que tú digas.

Una vez sentados, Maggie dirigió su atención a una inexistente pelusa en la pernera de sus pantalones.

–¿Y bien?

–Ya te lo he dicho, tengo que organizar una boda tan perfecta como la de Robert y Ginger.

–La verdad, esto me pilla por sorpresa –suspiró Maggie–. Ni siquiera sabía que tuvieras novia. Como no fuiste con nadie a la boda de tu hermano...

–No, eso es cierto.

–¿Qué has hecho, meter los nombres de todas las chicas que conoces en un sombrero y sacar uno al azar? –Maggie se mordió los labios–. Perdona, eso ha sido una grosería.

–No importa.

–Has dicho que quieres organizar una boda y yo estoy aquí para eso precisamente, para organizar bodas. Y te agradezco la confianza. Es un poco raro que tú te encargues de la organización en lugar de tu novia porque lo tradicional es que lo haga ella, pero... Olvídalo. No he dicho nada. Cada uno hace lo que le parece. ¿Cuántos invitados?

Luke cruzó las piernas, sonriendo de oreja a oreja.

–Muchos.

–¿Podrías ser más específico?

–En este momento, no.

—¿Y cuándo tendrá lugar el evento? –preguntó Maggie.

—Cuanto antes mejor –contestó él–. Pero ahora mismo no estoy del todo seguro.

—Ya veo –Maggie arrugó el ceño–. Bueno, no, la verdad es que no lo veo. ¿Quieres que organice una boda para muchos invitados, pero no sabes cuántos y tampoco sabes qué día tendrá lugar?

Luke asintió con la cabeza.

—Eso es.

A Maggie se le escapó una risita levemente histérica.

—¿Sabes algo con seguridad? ¿Por ejemplo, quién es la novia?

—Oh, sí, eso sí lo sé. Te aseguro que lo sé muy bien.

—Pues me alegro por ti –murmuró ella, apartando la mirada–. Lo que quiero decir es... bueno, no sé, todo esto es un poco confuso.

—¿Ah, sí? ¿Por qué? Necesito que alguien organice una boda y tú eres una organizadora de bodas... o coordinadora o como sea –se encogió él de hombros–. Yo creo que he venido al sitio adecuado, especialmente después de ver lo que hiciste en la boda de mi hermano.

—Pero Ginger sabía lo que quería y cuándo lo quería –replicó Maggie–. Bueno, más o menos. Cambió de opinión sobre muchas cosas, pero en general sabía lo que quería. Ya sabes, más o menos trescientos invitados, el banquete en el club de campo, la boda tendría lugar en verano, habría siete damas de honor, quería almendras recubiertas con yogur de limón... detalles como ésos.

–Ah, ya, claro. Bueno, yo de todo eso no tengo ni idea. Salvo las almendras. No me gustan las almendras, ni recubiertas de yogur ni sin recubrir.

–Bien, lo anotaré –dijo Maggie–. Nada de almendras. ¿Y qué más?

–¿Cómo que qué más? No sé...

–Esto es absurdo...

–Dime, Maggie –sonrió Luke, inclinándose hacia ella–. ¿Cuánto tiempo tardas en organizar una boda como la de Ginger y mi hermano?

–Al menos seis meses –contestó ella–. Y eso trabajando ocho horas diarias.

–¿En serio? ¿Tanto tiempo? Qué horror.

–Tú no sabes la cantidad de detalles que hay que tener en cuenta.

–Bueno, si no se puede hacer nada más... Muy bien, entonces la boda será en Navidad. ¿Qué te parece?

«Estupendo», pensó Maggie, sintiendo que las lágrimas amenazaban de nuevo con aparecer. «Feliz Navidad, Maggie Jenkins». Iba a organizar la boda de Luke St. John. Genial.

Pero, ¿qué más daba? Ése era su trabajo. ¿Por qué, de repente, quería morirse al saber que Luke había encontrado a alguna señorita de la alta sociedad con la que vivir feliz para siempre? No tenía nada que ver con ella.

Entonces, ¿por qué la entristecía de esa forma?

¿Por qué quería meterse en la cama y llorar durante un mes?

«Olvídalo, olvídalo». No podía seguir pensando esas cosas porque era completamente ridículo.

–¿Maggie?

—¿Sí?

—¿Te parece bien una boda en Navidad?

—Sí —contestó ella, mirando un cuadro que había sobre la cabeza de Luke–. Una boda en Navidad me parece perfecta. Preciosa y muy... especial. Definitivamente, una boda que recordarás siempre.

Capítulo Cinco

Luke asintió, frotándose las manos.

–Yo creo que sería perfecta. Una boda durante la época de Navidad es algo muy romántico. ¿No te parece?

–¿Eh? Ah, sí, muy romántico –asintió ella, mirando la pared–. Es uno de los mejores momentos del año para casarse. Un momento estupendo.

–Sí –dijo Luke, aparentemente encantado consigo mismo–. Bueno, entonces voy a darle... a darles la buena noticia.

Maggie levantó la cabeza.

–¿Darles? ¿A quién? ¿A tu familia... y a la de ella quieres decir?

–Noooooo, qué va. Me refería a los novios.

–¿Perdona?

–Ah, me parece que no he sido muy claro –sonrió Luke entonces–. Perdona, Maggie. La boda de la que estamos hablando es la de un primo mío y su prometida.

–¿Qué? ¿Quieres decir que tú no...?

–A ver, voy a empezar desde el principio –dijo Luke, juntando las manos–. Mi primo... Clyde...

«Jo, qué nombre, como el gánster». Debería haber pensado en eso antes de ir a su oficina. Pero no había podido pensar en nada, ése era el problema. La novia, la novia... ¿Cómo se llamaba la novia?

Luke miró frenéticamente alrededor y vio la portada de un álbum de fotos con las palabras *Hermosos Recuerdos* impresas en la tapa.

—... y el amor de su vida, Hermosa.

—¿Eh?

—Hermosa, así se llama la novia de mi primo... Clyde. Hermosa es un nombre que llevan muchas mujeres de su familia.

—Ah —murmuró Maggie, atónita—. Es un poco raro, ¿no?

—Sí, la verdad es que sí. Original, desde luego.

—Desde luego.

—Ahora están en Londres, trabajando... para el Departamento de Estado.

—¿Clyde y Hermosa? —preguntó ella, levantando una ceja.

—Eso eso. Mi primo Clyde trabaja para el Departamento de Estado y su novia también. Así se conocieron.

—¿Ella es inglesa?

—No, es de aquí.

—¿Y se conocieron en Londres?

—Es que ella ya estaba trabajando allí cuando destinaron a Clyde.

—Qué coincidencia.

—Sí, enorme —asintió Luke—. El caso es que han decidido casarse en Phoenix porque los dos son de aquí y, básicamente, para que sus familias no los maten.

Esperaba que Maggie sonriera, pero no fue así.

—Ya.

–Pero tienen que seguir en Londres trabajando... para entrenar a las personas que los van a reemplazar cuando vuelvan a Estados Unidos.

–Entiendo.

–Pero le han dejado bien claro a su jefe que querían estar de vuelta para Navidad. ¿Qué te parece, Maggie?

–Estoy entusiasmada –contestó ella, sonriendo.

Y lo estaba, porque Luke no iba a casarse. ¡No iba a casarse! Gracias a Dios porque... ¿por qué? No lo sabía, pero estaba claro que la negra nube que se había cernido sobre su cabeza desde que él entró en Rosas y Sueños había desaparecido por completo. Porque Luke no estaba hablando de su boda, sino de la boda de su primo.

–¿En serio?

–Sí, claro. Porque ésta... ésta es una buena noticia para la familia, ¿no? Y para mi empresa, claro.

–Sí, claro –asintió Luke–. Bueno, ahora tengo que contarte algo. Hermosa es una chica bastante inusual.

–El nombre lo es, desde luego.

–Sí, y ella también. Hermosa preferiría casarse por lo civil y en vaqueros, pero su madre se moriría del susto y ella tendría que cargar con esa cruz durante toda la vida. Así que, cuando hablé por teléfono ayer con ellos, sugerí que te contratasen a ti para organizarlo todo y, de ese modo, lo único que tendrían que hacer es aparecer en Phoenix. Se quedaron encantados. Hermosa dice que le parecerán muy bien todas las decisiones que tú tomes. Y a Clyde... bueno, tú ya sabes, a los hombres estas cosas les dan igual. Mientras todo salga bien...

–¿Quieres decir que debo organizar la boda sin contar con ellos para nada? ¿Y sus madres? Las madres no me dejarán hacer eso. Imposible. Querrán opinar, decir lo que hay que hacer y lo que no...

–No te preocupes por eso. La madre de Clyde y la madre de Hermosa son... dos mujeres muy diferentes. De hecho, mi tía y la madre de Hermosa no se llevan bien.

–Qué horror.

–Sí, un horror. Así que hemos decidido que no van a saber nada.

–Pero recibirán la invitación por correo, como todo el mundo.

–Claro, pero ellas no saben que tú vas a organizar la boda porque no se lo vamos a decir.

–Esto es una locura –dijo Maggie, sacudiendo la cabeza–. No los conozco de nada, no sé lo que les gusta o no les gusta...

–No, es exactamente como debe ser –insistió Luke, mirándola a los ojos–. ¿Por qué no organizas la boda como si fuera la tuya, Maggie? Toma las decisiones basándote en lo que a ti te gustaría.

–Pero yo...

–Sólo tendremos que contarles por teléfono cómo va todo, por si acaso no les gustara. Por ejemplo, si decides que se casen en un globo aerostático...

–¿En un globo?

–Era un ejemplo –siguió Luke–. Si quisieras casarlos en un globo aerostático, decía, Clyde y Hermosa querrían saberlo. Pero si la boda va a ser una boda tradicional, puedes hacer lo que te venga en gana. Ellos ya han dado el visto bueno.

–Pero...

–Por lo tanto, yo estaré a tu lado todo el tiempo para contarles los detalles por teléfono. Mi padre se encargará del despacho cuando yo no pueda, así que tendré más tiempo libre –sonrió Luke–. Clyde es su sobrino favorito. Mi padre ya se ha retirado prácticamente, pero está dispuesto a volver al bufete durante unos meses.

–Ya veo –murmuró Maggie, mareada.

–Bueno, pues entonces ya está. No te preocupes por el presupuesto, puedes hacer lo que quieras. Ah, y Hermosa es más o menos de tu talla y tu estatura, así que no habrá ningún problema para elegir el vestido. ¿Alguna pregunta?

–¿Yo voy a elegir el vestido de la novia?

–Claro.

–Pero... una novia siempre elige su vestido. Yo no puedo...

–¿Por qué no? A Hermosa le da igual. Ya te he dicho que ella querría casarse en vaqueros.

–Pero... todo esto es muy raro –murmuró Maggie–. Es la primera vez que me encargan una boda sin conocer a los novios.

«Porque soy muy listo», pensó Luke, encantado consigo mismo. El Plan era brillante. Maggie organizaría la boda de sus sueños y él estaría a su lado. Y, mientras organizaba la boda, poco a poco iría destruyendo el muro que había levantado alrededor de su corazón, ladrillo a ladrillo, hasta que el corazón de Maggie fuera suyo.

Ella acabaría amándolo tanto como la amaba él. Tenía que enamorarse de él, tenía que querer casarse y pasar el resto de su vida con él.

«Por favor, Maggie».

–¿Lo harás entonces? –preguntó Luke.

–Sí, claro que sí. Por supuesto. Es muy inusual, pero...

–Genial. Gracias, Maggie, te lo digo de corazón. No sabes cómo te lo agradezco. Clyde y Hermosa quedarán encantados, estoy seguro.

–Eso espero.

–Sé que tú no quieres casarte, pero supongo que habrás pensado en la clase de boda que te gustaría... si quisieras hacerlo, ¿no?

–Sí, bueno... la verdad es que lo pienso cada vez que organizo una boda. Es normal, me imagino. Pienso: yo lo haría así o yo no pondría esto, no habría elegido este vestido... ¿Entiendes?

–Claro que lo entiendo.

–Por ejemplo, cuando Ginger eligió el amarillo y el verde menta como los colores principales, yo pensé que con tantas damas de honor rubias un color más oscuro habría quedado mejor. Claro que no se lo dije a Ginger porque parecía muy convencida, pero lo pensé.

–Pues a eso me refería –asintió Luke–. ¿Has organizado alguna boda en Navidad?

–No.

–Entonces será algo original para ti también. Y divertido, ¿no?

–Pues...

–No tienes que organizar otra boda para esa fecha, ¿verdad? ¿Estás libre para concentrarte en la boda de Clyde y Hermosa?

–Sí, sí, tranquilo –sonrió Maggie–. Rosas y Sueños se dedicará por completo a ese proyecto.

–Genial. Bueno, vamos a ver, la iglesia. ¿Cuál elegirías tú?

–¿Yo? Bueno, yo pertenezco a la iglesia Episcopalista, pero...

–Genial, ellos también –la interrumpió Luke–. Podemos hacerlo en la misma iglesia que Ginger y Robert entonces.

–Muy bien, de acuerdo. Por favor, me da vueltas la cabeza –rió Maggie–. Esto es un poco abrumador. Es tan extraño... ¿y las damas de honor? Los vestidos hay que hacerlos a medida si queremos que sean iguales.

«Oh, cielos», pensó Luke. Las damas de honor. «Rápido, St. John, busca una respuesta».

–Pues vamos a ver... ¿A quién elegirías tú?

–¿Yo? A mi hermana y a mi mejor amiga.

–¿Sólo dos?

Maggie soltó una carcajada.

–No todo el mundo tiene siete damas de honor, Luke.

–Eso es cierto. Bueno, dos. Se lo diré a Hermosa, a ver qué opina. ¿Por qué no encargas los vestidos?

–Pero no sé qué talla tienen...

–Eso no importa. Encarga los vestidos y luego, si no les quedasen bien, una modista podría arreglarlos, ¿no?

–No sé, lo lógico sería contar con ellas...

–Es que esto de la boda no lo sabrá nadie hasta que reciban la invitación –dijo Luke entonces, en un golpe de genialidad.

–¿Nadie sabrá nada?

–No, sólo los novios, tú y yo.

–Ya, en fin... Esperemos que tengan tallas parecidas. Mi hermana Janet tiene una treinta y ocho. Y mi amiga Patty una cuarenta y dos.

–¿Y tú?

–Yo tengo una treinta y ocho.

–Muy bien. Una treinta y ocho, una treinta y seis y una cuarenta y dos... se lo diré a Hermosa. Ya está, problema resuelto. Somos un buen equipo, Maggie Jenkins –sonrió Luke, mirándola a los ojos–. Un equipo estupendo tú y yo. Juntos.

–Juntos –repitió ella, como hipnotizada.

Estaba a punto de organizar la boda de sus sueños. La boda que ella nunca tendría, pero en la que había pensado tantas veces. Y Luke St. John estaría a su lado como si él fuera el novio y ella la novia...

Aquello era rarísimo.

Y muy, pero que muy peligroso.

Tenía que mantener los pies en el suelo, se dijo. No podía emocionarse con lo que estaba haciendo. Era un proyecto inusual, pero para eso estaba Rosas y Sueños, para organizar bodas, inusuales o no.

La novia se llamaba Hermosa, el novio Clyde. Debía recordar eso. Y mantener la cabeza fría sería más fácil si dejaba de mirar aquellos ojos tan preciosos.

–Bueno –Maggie se levantó. Pero lo hizo con tal violencia que Luke, que estaba mirándola, se sobresaltó–. Esta ha sido una reunión muy interesante. Como propietaria de Rosas y Sueños, quiero darte las gracias por haber pensado en mí para organizar la boda de tu primo Clyde y su novia.

–De nada –contestó él, levantándose–. Por curiosidad, ¿de qué te vas a encargar primero?

–De seleccionar los colores. Hay tantas cosas, detalles, detalles, detalles... tantas cosas que organizar –rió Maggie–. No sabes la cantidad de veces que Ginger cambió de opinión sobre los colores.

–No tendrás que preocuparte por eso esta vez, te lo aseguro. Tú imagina que estás organizando tu propia boda... por así decir.

–Bueno, sí, por así decir. Pero no es verdad. Voy a tardar algún tiempo en acostumbrarme a un encargo tan raro. Es algo único.

–Así es como deberían ser todas las bodas, ¿no te parece? Algo único, un evento que quedará para siempre en el corazón del novio y la novia –dijo Luke entonces.

–Sí, por supuesto –suspiró ella–. Pero en estos tiempos la verdad es que eso de «para siempre» no suele funcionar.

–En mi familia no ha habido ningún divorcio.

–¿En serio? Eso es asombroso.

–Yo creo que los St. John saben escuchar a su corazón, por eso no se equivocan –sonrió Luke–. Siempre eligen a la persona adecuada. Mi padre se enamoró de mi madre cuando estaban en séptimo.

–¿En serio?

–En serio.

–¿En séptimo? ¿Quieres decir en el colegio?

–Exactamente.

–¿Y siguen juntos desde entonces?

–No se han separado un solo día.

–¿Y no ha habido un solo divorcio en tu familia?

–Ni uno.

–Es increíble –murmuró Maggie–. A lo mejor muchas parejas no se han separado para no ser los primeros, ¿no crees?

–No –contestó Luke–. Cualquiera que conozca a mi familia se daría cuenta de que todas las parejas siguen enamoradas después de tantos años. Ginger y Robert se harán viejos juntos y serán tan felices como lo fueron el día de su boda. Y será lo mismo para... Clyde y Hermosa.

–Qué bonito –suspiró ella.

–¿Y tu familia?

–Bueno, nosotros... –Maggie murmuró algo ininteligible.

–¿Perdona?

–Da igual. Mira, tengo mucho trabajo que hacer. Y lo primero es elegir los colores para una boda en Navidad.

–Te dejo para que empieces con tus planes –sonrió Luke–. Pero te llamaré pronto. Adiós, Maggie, gracias por todo.

–Gracias a ti.

Cuando Luke cerró la puerta tras él, Maggie se dejó caer en el sofá, pensativa. Luego miró la mesa sobre la que estaban los álbumes.

El plan siempre había sido tener allí un jarrón con rosas frescas, su flor favorita. Pero pronto se percató de que el presupuesto no daba para extravagancias de esa clase.

Rosas. Ella llevaría... No, no, no. *Hermosa* llevaría un ramo de rosas rojas con hojitas de acebo, sujeto con un lazo de satén.

Había llamado a su empresa Rosas y Sueños porque tenía un significado secreto para ella. Sus sueños eran muy sencillos, pero inalcanzables: un marido, hijos, un hogar. Vivir con un hombre que la quisiera tanto como ella.

Rosas. Ella llevaría un ramo de rosas al altar y luego plantaría rosas en su jardín, en el jardín que compartiría con su familia.

Pero no podía ser. Su labor era conseguir que cada novia tuviera la boda de sus sueños y eso la compensaba por lo que ella no podría tener nunca. Pero esta vez iba a dar un paso más: había elegido rosas para el ramo. Hermosas, fragantes rosas rojas.

Maggie sonrió, apoyándose en el respaldo del sofá.

Había que elegir los colores. Bueno, no era difícil. Rosas rojas. Y las damas de honor llevarían vestidos de satén de color verde hoja, con zapatos a juego. Y en la mano, ramitos de claveles rojos y blancos.

Las dos velas que usarían para simbolizar que se habían convertido en una sola persona serían blancas y la central, roja.

¿Y el vestido? Sería blanco como la nieve, sencillo pero elegante, con una larga cola y un velo... un velo que Luke levantaría en el momento adecuado para besar a la novia y...

–No –dijo Maggie entonces, poniéndose en pie–. Vuelve atrás y piénsalo bien, Maggie Jenkins.

Un vestido precioso. Un velo precioso. Y *Clyde* besando a la novia. Iba a coordinar la boda de Clyde y Hermosa.

–Gracias –se dijo a sí misma, volviendo a sentarse–. Así está mejor. No vuelva a cometer ese error, señorita Jenkins. Ni una sola vez en los meses que quedan mientras te encargas de coordinar todos los detalles, detalles, detalles.

Mientras Luke se abría paso entre el tráfico de Phoenix, no podía borrar la sonrisa de sus labios.

Lo había hecho, pensaba, golpeando el volante con los dedos. Había puesto en marcha su brillante plan y había funcionado. Maggie iba a organizar la boda de sus sueños para un primo imaginario y su más imaginaria novia. Desde luego, debería haber pensado los nombres antes de acudir a Rosas y Sueños.

En fin...

De vuelta al Plan. Maggie organizaría la boda de sus sueños. De *sus* sueños. Y si todo iba como él esperaba, y rezaba para que así fuera, esa boda tendría lugar. Maggie Jenkins se casaría con él, Luke St. John, durante las navidades.

Por supuesto, aún quedaba mucho para la ceremonia. Y Maggie tenía que enamorarse de él. Se sentía atraída por él, estaba seguro. Pero tenía que enamorarse y confiar en él lo suficiente como para dejar que convirtiese en polvo el muro que rodeaba su corazón. Y entonces la tomaría entre sus brazos para siempre.

Sí, le esperaba una ardua tarea, pero por Maggie merecía la pena luchar y eso era lo que pensaba hacer. Y tenía que ganar.

Luke arrugó el ceño al recordar su extraña reacción cuando empezaron a hablar sobre matrimonios felices. Le había preguntado por su familia y...

¿qué había contestado? Había murmurado algo, pero no la entendió.

–Maldita sea –murmuró, golpeando el volante con la mano.

Quizá era una pista importante sobre la aversión de Maggie al matrimonio. Quizá era por eso por lo que se dedicaba a organizar bodas para los demás pero nunca para ella misma.

Había dicho... había dicho...

Demonios, ¿qué había dicho Maggie?

Capítulo Seis

Esa noche, Maggie y su mejor amiga, Patty, estaban sentadas en el suelo del minúsculo salón comiendo pizza, tomando refrescos y repasando varias revistas de novias.

Eran amigas desde el colegio y ahora, veinte años después, ninguna de ellas podía imaginar la vida sin la otra.

Patty era profesora en el colegio en el que ambas habían estudiado. Sus padres habían muerto en un accidente de tráfico cinco años atrás, de modo que ahora todo el dinero que ahorraba era para enviar a su hermano pequeño a la universidad.

–Mira esto –dijo, señalando la página de una revista–. Bolitas de Navidad escondidas en el ramo de la novia. ¿Te gusta la idea?

Maggie arrugó la nariz.

–No, me parece demasiado. No quiero pasarme con el tema de la Navidad. Después de todo es una boda, no la fiesta de una oficina.

–Cierto –asintió Patty, pasando la página–. Olvídalo, no he dicho nada. Es tan raro estar sentada aquí haciendo esto... Tengo que recordarme todo el tiempo que no es tu boda.

–Lo sé –suspiró Maggie–. Pero es lo más parecido que voy a hacer nunca, así que disfrútalo.

—Que no quieras siquiera considerar la idea de casarte...

—Patty.

—Bueno, bueno, me callo —su amiga se calló durante dos segundos—. Este encargo me parece rarísimo. ¿Qué clase de novia dejaría que otra persona eligiera todo, hasta el vestido, por ella? ¿Seguro que esa tal Hermosa va en serio?

Maggie se encogió de hombros.

—Luke dice que a Hermosa estas cosas le dan igual, que preferiría casarse por lo civil y en vaqueros. Esto es para que las madres se queden contentas, ya sabes. Ay, las madres. Menos mal que no tengo que lidiar con ellas. Esta va a ser la boda de... en fin, de mis sueños.

—Rosas y Sueños —sonrió Patty.

—El caso es que pienso poner todo mi empeño porque esto no volverá a pasar nunca más. La única persona a la que debo informar es a Luke.

—Luke St. John —dijo Patty, pensativa—. He visto su fotografía en los periódicos. Está buenísimo. Pensar que has bailado un vals con él —su amiga se quedó mirando al vacío—. Estar entre los brazos de Luke St. John debe ser como estar en el cielo.

—Pues sí, muy parecido. Baila maravillosamente y me hizo sentir como si estuviera flotando en una nube... —Maggie se puso colorada—. Olvida lo que he dicho. ¿Tú crees que el color verde hoja quedaría bien para las damas de honor? A lo mejor debería empezar otra vez y olvidarme del tema de la Navidad.

—No, no, no hagas eso. La gente esperará algo festivo. Además, eso es lo que tú quieres, ¿no?

–Sí, claro.

–Entonces ya está. Sigue con el tema de la Navidad, pero no te pases. ¿Qué dice tu hermana de todo esto?

–Janet dice que estoy loca –contestó Maggie, con una sonrisa en los labios–. Pero que no le importa probarse un vestido precioso aunque no vaya a ponérselo nunca en público.

–¿Y tu madre? Supongo que pensará que Hermosa está loca.

–No ha dicho nada. Y cómete el último trozo de pizza. Yo no puedo más.

–Encantada –dijo Patty–. ¿Tu madre no ha dicho nada?

–Está preocupada por mí. Teme que vaya a pasar semanas planeando la boda de mis sueños y que luego me derrumbe cuando tenga que enfrentarme con la realidad de que es la boda de otra mujer. De hecho, teme que me pase la vida llorando recordando ese momento... Bueno, ya sabes.

–Lo que yo sé –empezó a decir Patty, moviendo la cabeza– es que te niegas a cambiar de opinión sobre lo de casarte y tu madre y Janet, e incluso tu hermano, que yo sepa, opinan como tú. No puedo hacer nada porque me superáis en número.

–Pues no lo intentes, pesada. Mira esta fotografía. El ramo tiene velas encendidas... Por favor, cómo se pasan.

–Alucinante –asintió Patty–. Una boda caliente, desde luego. Lo cual me recuerda al protagonista de esto, Luke St. John. ¿Dices que es muy agradable y que no es nada engreído aunque está forrado de dinero?

–Así es. Es muy agradable.

–¿Y tiene sentido del humor?

–Sí.

–Y se lleva bien con su familia, baila como Fred Astaire, está buenísimo en vaqueros y cuando se pone un esmoquin... Maggie, será mejor que tengas cuidado. Vas a verlo a menudo y tengo la impresión de que es de los que van por ahí rompiendo corazones. No quiero que rompa el tuyo.

–Te aseguro que yo tampoco. Soy muy consciente de... los atributos de Luke. Pero no te preocupes, tengo la alerta puesta y la puerta está bien cerrada. No existe una sola posibilidad de que me enamore de Luke St. John. No, eso no va a pasar.

–Y ahora –estaba diciendo Luke– tengo que conseguir que Maggie se enamore locamente de mí.

Mason St. John soltó una risita.

–Supongo que eso es lo primero en la lista si quieres que se case contigo, tenga pequeños St. John contigo y se haga vieja a tu lado.

–Eso es –asintió Luke, mientras cortaba su filete.

Padre e hijo estaban cenando en el club de Mason, del que quería que su hijo se hiciera socio. Pero Luke había dejado claro años atrás que sólo se haría socio el día que admitiesen mujeres.

–Debo decir, hijo, que estoy impresionado con este plan tuyo. Es brillante. Y estoy más que contento de llevar el bufete mientras tú te dedicas a enamorar a la señorita Jenkins.

–Te lo agradezco mucho, papá. Pero recuerda, mamá no debe saber absolutamente nada. Ella no sería capaz de guardar un secreto aunque le fuera la vida en ello. Además, no haría más que llamarme para darme consejos sobre cómo conquistar a Maggie.

—Eso es verdad —asintió Mason—. Pero me gustaría que... Ay, Dios —su padre se tapó la boca con la servilleta para disimular la risa.

—No empieces, papá. Antes, cuando has soltado esas risotadas, nos miraban como si quisieran echarnos del club. No lo pienses más.

—Pero es que Clyde y Hermosa... Es que no puedo...

—Papá, por favor —insistió Luke, mirando alrededor—. Se me olvidó pensar en nombres para los novios ficticios y eso fue lo primero que se me ocurrió. Maggie estaba mirándome y... Ya sé que suenan un poco raros...

—¿Un poco raros?

—Papá...

—Pero hijo, sólo ha faltado que le pusieras Bonnie a la novia...

—Papá, ya está bien.

—De acuerdo, de acuerdo —dijo Mason, poniéndose serio por un momento—. A ver, ¿cómo se llama Clyde de apellido? ¿Es un St. John o es pariente de tu madre? —Mason volvió a soltar otra carcajada—. Perdona, Luke, no puedo evitarlo.

—Bueno, vamos a ver... Clyde es hijo de tu hermana y ella está casada con... ¿con quién se casó tu hermana?

—Con John Smith.

—No te hagas el gracioso —replicó Luke—. Muy bien. Da igual. Clyde Smith va a casarse con Hermosa... Peterson.

–¿Hermosa Peterson? –repitió Mason, que ya no podía contener la risa–. De modo que esta será la boda Peterson–Smith –la mirada angustiada de su hijo hizo que se pusiera serio–. Ya está, de acuerdo. Ya no me río más. Casarse en Navidad es un bonito toque romántico. ¿Y luego qué? –preguntó, tomando su copa de vino.

–Esperaré a que Maggie tome algunas decisiones y me pase los datos para dárselos a Clyde y Hermosa. Bueno, por lo menos a Hermosa. Clyde aceptará lo que ella diga, como hacen todos los novios. Tu sobrino favorito es un chico muy poco discutidor.

–Ah –su padre asintió con la cabeza.

–Tengo que concentrarme en Maggie. Hacer que caiga ese muro, hacer que se enamore de mí.

–Ah.

–Hay algo especial entre nosotros, papá. Sé que lo hay. Es algo raro, importante, real. Deberías haber visto su cara cuando pensó que estaba pidiéndole que organizase mi boda con otra mujer. Intentó disimular, pero se le notaba. Cuando por fin le dije que quien se casaba era un primo mío su rostro se iluminó. Siente algo por mí, estoy seguro. Y tengo que hacer que confíe en mí, que me conozca, que se enamore... y que luego acepte casarse conmigo.

–Ah.

Luke miró a su padre.

–¿No puedes decir otra cosa? Un consejo no me vendría nada mal.

Mason dejó el cuchillo y el tenedor sobre el plato, se cruzó de brazos y miró a su hijo.

–El amor es muy complicado y, al mismo tiempo, muy sencillo. Es difícil de explicar. Uno construye algo con una base sólida y sigue poniendo ladrillos día a día según pasan los años. Pero lo importante es la estructura, la base. Luke, hijo, tu plan para conquistar a Maggie está basado en un engaño.

–Pero...

–Lo sé, lo sé –lo interrumpió Mason–. Estás convencido de que si intentas cortejarla de la forma habitual, ella te dirá que no. Entiendo que necesites un plan, pero ¿qué dirá Maggie cuando sepa la verdad? A las mujeres no les gusta que las engañen. Todo esto podría explotarte en la cara.

–Me estás deprimiendo –dijo Luke entonces.

–Bueno, la verdad es que si ella está tan decidida a no casarse... por la razón que sea, creo que esta podría ser la única solución. Lo de las flores y las cenas no va a funcionar con tu chica, de modo que has tenido que buscar otra salida. Y una muy inteligente, debo añadir.

–Salvo por los nombres de los novios –sonrió Luke.

–Salvo por eso. Pero quiero que seas feliz, hijo. Espero que tu plan funcione y que Maggie se enamore de ti. De verdad.

–Gracias, papá. Este plan tiene que funcionar. Un futuro sin ella es algo que no pienso aceptar. Voy a ganarme el corazón y el amor de Maggie Jenkins. Tenga que hacer lo que tenga que hacer.

A la una de la tarde del día siguiente, Maggie entró en un popular restaurante del centro de la ciudad, fue directamente al lavabo de señoras y se colocó frente al espejo.

Estaba nerviosa, pensó, enfadada consigo misma. Luke la había llamado esa mañana para preguntar si podían comer juntos. Por lo visto, tenía una reunión en el centro y, por la tarde, debía poner al día a su padre sobre los asuntos pendientes del bufete. De modo que no podía pasar por su oficina, pero había hablado con Clyde y Hermosa y quería pasarle la información, bla, bla, bla.

–Sí, claro. ¿Comer juntos? Ningún problema.

«Sí, claro», pensaba ahora, disgustada. Ningún problema salvo que estaba de los nervios. Era tonta de remate. Luke no era más que un cliente. Estaban trabajando juntos para organizar la boda de Clyde y Hermosa. Punto y final.

Pero lo más humillante era que sabía por qué estaba nerviosa. La noche anterior había tenido el sueño más erótico de su vida y ellos dos eran los protagonistas.

Maggie había despertado en medio de la noche, sudando, y no podía borrar de su mente las imágenes de Luke desnudo acariciándola, tomándola entre sus desnudos brazos y...

–¡Para ya! –se regañó, saliendo del lavabo de señoras–. Te estás portando como una idiota.

Suspirando, se acercó al camarero para decirle su nombre y, de inmediato, él la llevó hasta una mesa al final del restaurante. Luke se levantó al verla.

Gracias a Dios, pensó Maggie, llevaba ropa puesta. Un bonito traje. Parecía lo que era, un abogado. ¿La haría gorda el pantalón blanco y la blusa de flores que llevaba? Podría haberse puesto una falda o un vestido, pero no quería ir con las piernas desnudas y...

¡Ay, por Dios, estaba perdiendo la cabeza!

—Hola, Maggie. Encantado de volver a verte.

—¿De verme? Ah, sí, claro, de verme. Yo también me alegro de verte. Me gusta ese traje que llevas. Un buen traje. Me alegro mucho de que lleves un traje.

Luke arrugó el ceño.

—¿Te encuentras bien?

—¿Que? Oh, sí, claro que sí —Maggie se sentó, colorada como un tomate—. Es que anoche no dormí bien y... —entonces volvió a mirar a Luke— tengo hambre.

—Bueno, pues eso es fácil de solucionar —Luke llamó al camarero y Maggie pidió lo primero que vio en la carta mientras él pedía un filete con patatas fritas.

—Te agradezco mucho que hayas venido.

—No tienes nada que agradecerme. ¿Has recibido la llamada que esperabas?

—¿La llamada? Ah, sí, desde luego —Luke tomó un sorbo de agua.

Qué mal se le daba mentir. Se le había olvidado por completo la «imaginaria» llamada de Clyde.

—¿Y qué querías contarme? —preguntó ella.

—¿Por qué no comemos primero y hablamos de negocios después?

—Pero dijiste que esta tarde estabas muy liado y yo no quiero hacerte perder tiempo.

—Sí, eso es verdad —Luke frunció el ceño de nuevo. Fatal, aquello se le daba fatal—. Muy bien. Hermosa y Clyde llegarán a Phoenix a mediados de diciembre, de modo que la boda en Navidad ha sido una gran idea.

Maggie sonrió.

—Me alegro. Ya he elegido las flores y el color para el vestido de las damas de honor. ¿Le has preguntado a Hermosa por su talla y la de sus damas de honor?

—Sí, es exactamente la misma que la tuya y la de tus amigas.

—¿Ah, sí? —murmuró Maggie, sorprendida—. Bueno, pues entonces será facilísimo. Si sobra o falta algo, lo arreglará una modista.

—Desde luego.

Entonces llegó el almuerzo y Maggie se sorprendió al ver que había pedido salmón ahumado con verduritas, que no era precisamente su plato favorito. Pero tendría que comérselo.

—Bueno, Clyde y Hermosa me han dicho que podrían haber venido un mes antes de la boda, pero prefieren no tener que hacer y deshacer maletas. Además, están seguros de que tú vas a organizarles una ceremonia perfecta.

Maggie inclinó a un lado la cabeza.

—Eso espero.

—Me han pedido que les reserve una suite, por cierto. Una de esas suites «luna de miel», ya sabes.

—Entiendo —asintió ella—. Iré a ver algunos hoteles y te contaré qué me parecen.

—Había pensado que lo hiciéramos juntos —sonrió Luke—. Cuando mi padre se encargue del bufete, tendré mucho tiempo libre. No te importa, ¿verdad?

—No, claro que no.

¿Visitar suites con Luke? ¿Suites de luna de miel, donde la gente hacía lo que Luke y ella habían hecho en el sueño? No le parecía buena idea en absoluto. No, mal, mal. Fatal. Y peligroso...

–¿Maggie?

–¿Sí?

¿Qué excusa podía darle?: «Lo siento, guapo, pero si vamos juntos a ver suites para recién casados existe la posibilidad de que te arranque la ropa y te coma vivo». Sí, claro, eso iba a decirle. Para nada.

–Maggie, ¿me oyes?

–¿Qué? Claro que puedes venir conmigo. Pero, ¿no te parece un poco aburrido?

–No –contestó él–. En absoluto.

–¿Por qué no?

Porque él se había imaginado con Maggie en cada una de esas suites, recién casados, marido y mujer, a punto de empezar su luna de miel. No, eso no sonaba aburrido en absoluto.

–¿Por qué no? –repitió él. «Rápido, piensa St. John»–. Porque será informativo, interesante. Si uno tiene la oportunidad de experimentar algo nuevo ha de hacerlo. ¿Entiendes?

–La verdad es que no, pero en fin... será mejor que llame a varios hoteles para pedir cita.

–Muy bien –suspiró Luke, sudando–. Y dices que ya has decidido qué flores vas a usar y los colores de los vestidos de las damas de honor. Cuéntame. No, espera, deja que lo adivine. Tu empresa se llama Rosas y Sueños. Seguro que el ramo de novia está hecho de rosas rojas, como los adornos de Navidad. ¿A que sí?

–Pues sí –contestó ella, sorprendida–. ¿Cómo lo sabes?

Luke tomó su mano y la miró a los ojos.

–Lo sé porque tú eres Maggie –respondió. «Mi Maggie». Para siempre.

–Ah, claro.

«Recupera tu mano Maggie Jenkins».

–Es muy sencillo.

–¿Sabías que iba a elegir rosas rojas porque soy Maggie? No lo entiendo.

–Yo sí.

–¿Los señores tomarán postre? –preguntó el camarero.

Maggie apartó su mano de un tirón.

–Postre. Sí, postre está bien. Pero la verdad es que ya no puedo comer nada más. No, gracias.

«Bingo», pensó Luke. Maggie estaba colorada. El calor que había sentido al apretar su mano se le había traspasado a ella. Y le temblaba la voz. Fantástico.

–¿Y usted, señor? Tenemos pastel de chocolate relleno de fresa.

–Ah, un hombre no puede decir que no a un pastel de chocolate relleno de fresa. ¿Por qué no me trae una porción de ese pastel... y dos tenedores, por si acaso la señorita decidiera probarlo?

–Muy bien. Enseguida.

Un minuto después, volvía con el pastel y los dos tenedores.

–Que lo disfruten.

–Pruébalo, Maggie –insistió Luke–. Mira este pastel. Dos capas de chocolate con nata y, entre las dos, salsa de fresas cayendo por los lados como una cascada. ¿Cómo puedes resistirte?

Lo que Maggie no entendía era cómo la descripción de un pastel podía ser tan erótica. Estaba al borde de un ataque de nervios.

–Bueno, un poquito –murmuró, tomando el tenedor–. Ah, qué rico está.

–Vaya, te has manchado de fresa. Espera, voy a limpiarte –sonrió Luke, tomando una servilleta.

Y luego, despacio, muy despacio, le pasó la servilleta por los labios, mirándola a los ojos.

A Maggie le temblaban las piernas. No había nada sensual en que alguien le limpiase una manchita de fresa como si fuera una niña, pero... sí, era muy sensual.

Había algo enternecedor en su forma de pasar la servilleta, como si fuera lo más importante que había hecho en toda su vida.

–Ya está. ¿Te gusta el pastel?

–Sí, mucho. Esta riquísimo.

–Me alegro mucho.

Hablaban sin dejar de mirarse a los ojos y entonces, de repente, Luke tomó su mano de nuevo.

–Maggie, ¿qué nos pasa?

–¿Eh?

–¿Qué es lo que ocurre entre nosotros?

–Yo no...

–Es amor, Maggie Jenkins. Amor verdadero. Tú lo sientes también, lo sé.

Ella se quedó boquiabierta.

–No, yo no... Bueno, sí, pero sólo es atracción física entre dos personas que... se sienten atraídas la una por la otra. Yo lo llamaría lujuria, pero la verdad es que esa palabra suena fatal. Luke, devuélveme la mano.

–Enseguida. Así que admites que te sientes atraída por mí.

–Bueno... sí.

–¿Me deseas? Lujuria es una palabra muy fea, pero el deseo es algo completamente diferente.

–Una cuestión de semántica.

–No, Maggie, una cuestión de emociones. Las emociones se mezclan con el deseo. Lo difícil es separar una cosa de otra, quitar capa tras capa, como si fuera un maravilloso regalo.

–Eso es muy poético.

–No estoy intentando ser poético. Sólo expreso lo que siento por ti. Y quiero saber si ese regalo te importa.

Maggie apartó la mano al fin y sacudió la cabeza.

–No, no puedo...

–¿Por qué no?

–Luke, no lo entiendes.

–Pues entonces explícamelo –suspiró él–. Por favor, Maggie. ¿De qué tienes miedo? ¿Por qué estás tan decidida a no casarte nunca? Entre nosotros está pasando algo importante, pero cada vez que intento hablar de ello tú prácticamente saltas de la silla. Cuéntamelo, por favor.

Maggie apretó las manos en el regazo y lo miró durante unos segundos. Luego asintió con la cabeza.

–Muy bien, te lo diré. Quizá sea lo mejor. Quizá debas saber por qué no voy a casarme nunca.

El corazón de Luke latía con tal fuerza que casi le dolía el pecho.

–Todo empezó hace muchas generaciones, sin saltarse ninguna –empezó a decir Maggie–. No hay forma de escapar ni razón para creer que yo no voy a seguir la tradición familiar. Todos quieren creer que a ellos no les va a pasar: mi madre, mi hermana, mi hermano... pero es absurdo, no vale de nada.

–Dios mío, Maggie, me estás asustando. ¿Es una enfermedad incurable o algo así?

–Bueno, yo no lo llamaría una enfermedad, pero desde luego no tiene cura. Ocurre siempre. Y yo no pienso dejar que me pase a mí, por eso no me casaré nunca.

–¿Pero qué es? –preguntó Luke–. ¿Tiene un nombre?

–Sí, claro que tiene un nombre. Y sería absurdo creer que a mí no va a pasarme porque me pasará. Mi madre, mi hermana, mi hermano, ninguno de ellos pudo escapar y...

–¿Qué es, Maggie? Cuéntamelo –insistió Luke, nervioso.

Ella respiró profundamente y luego parpadeó para controlar las lágrimas.

–Es... la maldición de los Jenkins.

Capítulo Siete

Luke tardó unos segundos en entender lo que estaba diciendo. Abrió la boca para decir algo, pero luego volvió a cerrarla, estupefacto.

¿La maldición de los Jenkins? ¿Una maldición que impedía que Maggie se casara? ¿De verdad la gente seguía creyendo en maldiciones en el siglo XXI? Aquello era absurdo.

Esperaba que Maggie soltase una carcajada o le dijera que era una broma, pero ella estaba absolutamente seria. No sólo eso, tenía los ojos húmedos.

—Maggie, tenemos que hablar de esto. ¿La maldición de los Jenkins? ¿Cómo puedes creer una cosa así?

—Te aseguro que es cierto. Nadie de mi familia puede escapar de ella.

Luke dejó escapar un suspiro.

—Bueno, sea real o no, el caso es que estás disgustada. Será mejor que nos vayamos –dijo, haciéndole un gesto al camarero–. Voy a llevarte a casa.

—Pero has dicho que tenías mucho trabajo...

—Para eso están los teléfonos móviles. Para que uno llame a su eficiente secretaria y le reorganice toda la agenda cuando hay una emergencia. A mi padre no le importará nada saber que tiene la tarde libre para irse a jugar al golf.

–Pero yo he venido en mi furgoneta...

–Te traeré después o puedes volver tú misma a buscarla si te apetece. No vamos a posponer esta discusión, Maggie.

Ella suspiró, derrotada.

–Tenía la impresión de que ibas a decir eso. Pero déjalo, iré en mi furgoneta. Nos vemos en mi oficina.

Luke esperó al camarero con la cuenta y luego dejó unos billetes sobre la mesa.

–¿Todo bien, señor?

–Pregúntemelo después –suspiró él–. Porque ahora mismo no tengo ni idea.

Maggie condujo hasta su casa distraída, deseando poder dar marcha atrás al reloj. No debería haberle contado a Luke lo de la de maldición.

No, pensó, dejando escapar otro suspiro, no tenía sentido fingir que no existía la maldición de los Jenkins. Porque existía. Luke parecía interesado en ella de verdad y sería injusto ocultarle su secreto.

Entonces se apartó una solitaria lágrima de la mejilla.

Habría sido tan bonito tener más tiempo para estar con Luke, para disfrutar de su compañía antes de revelarle la verdad.

Pero una vez que se lo explicara, todo habría terminado. La maldición estaría entre ellos como un ente palpable, una cosa viva que lo haría sentir incómodo porque ella, de repente, se habría convertido en una persona rara de una familia rara.

–Qué pena –murmuró, mientras aparcaba frente a su casa–. Qué pena más grande.

Esperó en la furgoneta hasta que Luke aparcó y luego entraron juntos en la casa. Maggie dejo el cartel de *Cerrado* en la puerta. Para que no los molestasen. Tampoco era cuestión de que todo Phoenix supiera lo de la maldición de los Jenkins.

–Vamos arriba, al salón –dijo, como si estuviera muy cansada.

–Como tú quieras.

En el diminuto salón de su casa, Maggie se dejó caer sobre una mecedora y él se sentó en el sofá, poniendo los brazos sobre el respaldo mientras la miraba, esperando. Pero ella estaba meciéndose, mirando al vacío...

–Maggie, no puedes fingir que no estoy aquí esperando que me cuentes lo que pasa.

–Sí, lo sé. Es que... bueno, da igual. Tienes derecho a saberlo. Te he dicho que la maldición de los Jenkins lleva afectando a mi familia desde hace varias generaciones.

–Sí, eso me has dicho.

–Todos tenemos que enfrentarnos con ella. Por razones que desconocemos, es imposible para nosotros vivir felices para siempre con una pareja. Totalmente imposible. No va a pasar, por mucho que lo intentemos. Y ésa es la maldición de los Jenkins.

Luke apartó los brazos del respaldo del sofá.

–¿Perdona?

–Ya me has oído.

–Sí, te he oído, pero no pudo entender por qué crees en esa tontería...

–No es una tontería.

–¿Cómo puedes creer que toda tu familia está bajo el hechizo o como se llame de una maldición?

–Porque es así. Es como una gran nube negra –contestó Maggie.

–Por favor... Esas cosas no pasan. Sí, bueno, algunas personas en tu familia se han divorciado...

–No, algunas personas no. Todo el mundo.

–¿Todo el mundo? –repitió él.

–Todo el mundo. Hemos comprobado el árbol genealógico hasta donde podíamos llegar. Todos se divorciaron.

–Eso es un poco... extraño –reconoció Luke.

–Es la maldición de los Jenkins –suspiró ella–. Nadie entiende por qué, pero es así. Por supuesto, algunos se casan pensando que a ellos no les va a pasar. Están enamorados y convencidos de que ese amor durará para siempre. Y entonces... ¡zas!

–¿Zas?

–Todo se estropea y tienen que pedir el divorcio.

–¿En serio?

–Mi madre se casó enamoradísima y mi padre nos dejó cuando yo tenía diez años. Puf, adiós para siempre. Mi hermana se ha divorciado dos veces, mi hermano una. Mis abuelos, mis bisabuelos... Y podría seguir, te lo garantizo. Todos sabemos que estamos malditos.

–Pero...

–Por lo tanto, Luke, yo no pienso ni enamorarme ni casarme. No pienso dejar que nadie me rompa el corazón. Por eso organizo bodas perfectas para otras personas... para satisfacer mi alma romántica. Pero estoy empezando a pensar que Rosas y Sueños es una empresa absurda para una persona como yo porque sólo sirve para que recuerde lo que no podré tener nunca.

—Pero estás organizando la boda de tus sueños para Clyde y Hermosa...

—Sí, y seguramente es una tontería, pero estoy disfrutando mucho. Es como un regalo que me hago a mí misma antes de decidir si quiero seguir trabajando como organizadora de bodas.

Luke se levantó y empezó a pasear por el salón... todo lo que le era posible en aquel diminuto espacio. Luego se pasó una mano por el pelo y guiñó los ojos, profundamente concentrado. Por fin, se detuvo delante de Maggie, puso ambas manos en los brazos de la mecedora y se inclinó hacia ella.

—No —dijo, mirándola a los ojos.

—¿No qué?

—No pienso aceptar esto.

—¿Cómo?

—Muy bien, tu familia ha tenido problemas con sus relaciones sentimentales, eso está claro, pero las maldiciones no existen.

—Eso es lo que dijo el segundo marido de mi hermana... al principio.

—Maggie, tú eres una mujer inteligente. ¿Cómo puedes creer en algo tan absurdo?

—Los hechos son los hechos, Luke. Hemos comprobado nuestro árbol genealógico esperando, rezando para encontrar una pareja que no se hubiera roto. Pero no había ni una. Ni una, Luke. La maldición es real y yo no pienso caer en la trampa de pensar que voy a saltármela porque nadie puede saltársela. Yo no puedo hacer nada.

—Es imposible –repitió él–. Una maldición es una superstición absurda... Por Dios bendito, esta es la conversación más frustrante que he tenido en toda mi vida.

—Bueno, pues lo siento, pero esto es lo que hay –replicó Maggie, airada.

—¿Ah, sí? Pues yo no estoy tan seguro –dijo Luke entonces, tirando de ella para tomarla entre sus brazos. Maggie se quedó inmóvil, pero cuando Luke posó los labios sobre los suyos, sin pensar, le echó los brazos al cuello.

Era un beso ardiente, lleno de deseo... no de lujuria sino de deseo, con un montón de emociones mezcladas. El beso fue suficientemente poderoso como para hacerle olvidar por un momento la maldición de los Jenkins y permitirle disfrutar de su sabor, de su calor. Aquel beso era suyo, de los dos.

Luke se apartó un momento para buscar aire, pero no la soltó.

—Maggie... no sabes cómo deseo hacerte el amor desde el día que te vi. ¿Tú me deseas? ¿Quieres hacer el amor conmigo?

—Sí, pero...

—Olvídate de la maldición. De eso ya hablaremos más tarde. Ahora sólo quiero pensar en nosotros. Pero nunca me aprovecharía de ti, cariño, ni quiero presionarte o seducirte. Y no quiero que hagas algo que luego vayas a lamentar –Luke se detuvo un momento–. Lo que quiero decir es que ésta es tu decisión.

¿Cómo iba a decidir nada si tenía la mente en blanco?, pensó ella. ¿Cómo iba a pensar si estaba entre sus brazos, como había soñado por la noche? Bueno, en realidad estaba pensando.

Y lo deseaba.

Quería hacer el amor con él porque le importaba y a Luke le importaba ella, estaba segura.

Y porque cuando se diera cuenta de que la maldición de los Jenkins era real pensaría que era una chica muy rara, con una familia muy rara, y saldría corriendo.

–¿Maggie?

–Hazme el amor, Luke –murmuró ella, mirándole a los ojos–. No lo lamentaré, te lo prometo. No hay futuro para nosotros, lo sé. La maldición es real y yo lo he aceptado. Nada de lo que digas me hará cambiar de opinión, pero ahora mismo... lo único que deseo es hacer el amor contigo.

Con un gemido ronco, Luke capturó sus labios una vez más y la besó con toda su alma, como si con ese beso estuviera sellando un pacto. Maggie le devolvió el beso con total abandono, sin guardarse nada, dando tanto como recibía.

Luego, Luke levantó la cabeza y la tomó en brazos.

–¿El dormitorio?

Maggie señaló una puerta con la mano y él la llevó allí de dos zancadas.

La dejó a los pies de la cama, registrando distraídamente que la habitación era la femineidad personificada, como ella. La colcha tenía un estampado de rosas, a juego con las cortinas, y había una gran cómoda de mimbre blanco, como las mesillas.

Maggie apartó la colcha, dejando al descubierto las sábanas, con un estampado de capullos de rosa, y luego se volvió para mirarlo.

–Estoy nerviosa. No tengo la experiencia a la que seguramente tú estás acostumbrado y...

–Calla –la interrumpió él, poniendo un dedo sobre sus labios–. Va a ser maravilloso, cariño.

Y lo sería, seguro.

Con una repentina confianza que llegaba de algún sitio desconocido, Maggie asintió. Y mientras Luke se quitaba la ropa, ella se quitó la suya. Quedaron completamente desnudos, mirándose, disfrutando de lo que veían, de lo que pronto sería del otro.

Él volvió a tomarla en brazos para dejarla en el centro de la cama y luego se tumbó a su lado, buscando su boca.

Era el éxtasis. Se besaron, se acariciaron, descubrieron los misterios del otro con absoluto abandono. Donde iban las manos seguían los labios, encendiendo el deseo y convirtiéndolo en un incendio que amenazaba con consumirlos a los dos.

Luke se apartó sólo para sacar un preservativo del bolsillo del pantalón y luego volvió a sus brazos. Cuando no pudieron soportarlo más, entró en ella con una poderosa embestida que la llenó por completo y la hizo gemir de placer.

Enseguida empezó el rítmico movimiento, el tempo aumentando por segundos hasta que se volvió casi salvaje, sincronizado a la perfección, como si hubieran sido amantes desde siempre.

Estaban cada vez más arriba, más y más, repitiendo sus nombres, apretándose el uno contra el otro y explotando sólo con unos segundos de diferencia.

–¡Luke!

–Oh, Maggie, mi Maggie...

Luke tuvo que hacer acopio de energías para apartarse de ella, con los labios sobre su húmeda frente. Maggie tenía una mano sobre el vello de su torso y sentía los latidos de su corazón en la palma.

–Gracias –dijo Luke.

–Gracias a ti –susurró ella–. Por los bonitos recuerdos.

Maggie cerró los ojos y durmió, contenta, con una sonrisa en los labios. Luke la abrazó, enterrando los dedos en sus rizos.

Cómo amaba a aquella mujer, pensó, con un nudo en la garganta. Se había entregado tan libremente, tan honestamente. A él. Le importaba de verdad, estaba seguro. Incluso podría estar enamorándose de él.

Y no podía perderla. No, la mera idea lo volvía loco. Pero ahora sabía el nombre de su enemigo: la maldición de los Jenkins.

Que a él le pareciese una tontería no significaba nada porque Maggie creía firmemente en esa maldición. Estaba convencida de que era verdad y por eso no pensaba casarse nunca.

Muy bien, la batalla estaba preparada. Tenía que luchar por su vida, literalmente, por su felicidad, por su futuro. Y saldría victorioso, se prometió a sí mismo. Por Maggie. Por lo que podrían vivir juntos hasta el final de sus vidas.

Ganaría. Tenía que hacerlo.

–Te quiero, Maggie Jenkins –musitó–. Eres mi vida. Mi esposa. Mía.

***

Una hora después, Maggie abrió los ojos, pero tuvo que cerrarlos de nuevo, cegada por la luz del sol que entraba por la ventana.

Luke, pensó, mientras las telarañas del sueño empezaban a desaparecer.

Volvió la cabeza y se encontró sola en la cama... pero enseguida oyó el grifo de la ducha. Sonriendo, se estiró perezosamente y luego se tapó con la sábana hasta la barbilla.

Había hecho el amor con Luke, pensó. Y había sido maravilloso, tan maravilloso como en su sueño. ¿Lamentaba lo que había hecho? No. Nunca.

Su vida no era como la de otras mujeres que soñaban con maridos, niños, un hogar. Haber experimentado algo tan maravilloso con Luke St. John era más de lo que había esperado tener en la vida y lo guardaría para siempre en su corazón.

¿Era peligroso?, se preguntó a sí misma. No si se mantenía alerta, si controlaba sus emociones. Podía hacerlo. Podía disfrutar del cariño de Luke. Pero cuando Hermosa y Clyde se casaran sería el final de Maggie Jenkins y Luke St. John.

Sabía que debía ser así. Sí, podía controlar la situación, se dijo a sí misma.

Luke entró en el dormitorio vestido, con el pelo mojado de la ducha, y se sentó al borde de la cama.

—¿Has dormido bien?

—Sí, muy bien, gracias —sonrió ella.

—Estás muy guapa cuando duermes —dijo Luke entonces, alargando una mano para acariciar su pelo–. Pero será mejor que me vaya. Llámame cuando quieras que vayamos a ver las suites.

–Sí, claro, te llamaré.

–Estupendo –sonrió él–. Maggie, no lamentas lo que ha pasado, ¿verdad?

–No, no, en absoluto. Ha sido maravilloso y... no lamento nada. Los dos sabemos que es algo temporal porque... bueno, ya sabes por qué. Sé que tú no crees en la maldición todavía, pero es cierto, de verdad. Sería absurdo por mi parte pensar que yo voy a poder romperla...

–¿Nadie en tu familia ha encontrado la forma de romperla? –la interrumpió Luke.

–No.

–Ya. ¿Y de verdad no crees que esa maldición no es más que una superstición absurda?

–No, es absolutamente cierta.

–Pero es una superstición.

Maggie pareció pensarlo un momento.

–Supongo que sí, pero es la realidad de mi familia. Pregúntale a cualquiera y te dirán que es verdad. Triste, pero cierto.

–Ya, bueno, pero estamos de acuerdo en que es una superstición –insistió Luke.

–Sí, bueno...

Él se inclinó para darle un beso en los labios.

–Llámame en cuanto decidas qué suites vamos a ver. Y espero que sea pronto.

–Sí, señor –sonrió Maggie.

Luke pasó un dedo por sus labios y luego se levantó.

–Adiós, cariño.

–Adiós –susurró ella.

Después de soportar un frustrante atasco para llegar al bufete, Luke entró en las elegantes oficinas de St. John y St. John.

–Buenas tardes, señor St. John –lo saludó la recepcionista.

–Buenas tardes –murmuró él, distraído.

La atractiva joven lo observó entrar en el antedespacho, sorprendida. Aquel hombre tenía algo en mente, estaba segura.

Luke se detuvo frente al escritorio de su secretaria, una mujer más bien gruesa de unos cincuenta años, que lo miraba con cara de sorpresa.

–Pensé que no ibas a venir esta tarde.

–No pensaba venir, pero necesito unos datos, Betty.

–Dime. ¿Qué tengo que buscar?

–Todo lo que encuentres sobre supersticiones.

–¿Eh? ¿Cómo has dicho?

–Supersticiones –repitió Luke.

–¿Qué tipo de supersticiones? ¿Esto tiene algo que ver con un caso?

–No exactamente –contestó él–. Pero digamos que es el proyecto más importante de mi vida. Busca supersticiones que tengan que ver con bodas, novias, casamientos, cosas así.

–¿Novias? ¿Te refieres a esas supersticiones de que el novio no puede ver a la novia antes de la boda?

–Exactamente. ¿A quién se le ocurren esas cosas?

Betty se encogió de hombros.

–No tengo ni idea. Son supersticiones muy antiguas. Como la de no pasar bajo una escalera o santiguarse cuando te cruzas con un gato negro.

–Eso es lo que tienes que buscar.

–¿Cuándo necesitas esta información?

–Ayer –contestó Luke, entrando en su despacho.

Por la noche, Luke estaba tumbado en el sofá de su casa, repasando la información que Betty había encontrado sobre supersticiones.

Arrugaba el ceño, incrédulo, al leer sobre algunas y tenía que soltar una carcajada ante otras. Pero, en general, estaba leyendo todo aquello con profunda seriedad.

Memorizaría todo lo posible y guardaría los papeles como referencia. El Plan seguiría en marcha mientras Maggie creyera que estaba organizando la boda para Clyde y Hermosa.

Pero ahora que conocía su secreto, debía pensar en algo, una extensión del Plan. Gracias a sus dotes de persuasión, había logrado que ella admitiera que la maldición de los Jenkins era una superstición. Lo había hecho con desgana, pero algo era algo.

Su misión era, a partir de aquel momento, exponer a Maggie a superstición tras superstición, señalando que, vaya por Dios, nada de lo que decían esos cuentos de vieja se cumplía. No ocurría nada si pasabas bajo una escalera, por ejemplo.

Reuniría pruebas, acercándose cada vez más al secreto de los Jenkins, para convencerla de que ella era la persona que iba a romper la maldición porque era inmune a las consecuencias de cualquier superstición absurda.

Qué listo era a veces, pensó. Era un plan estupendo. No sería fácil, claro, y haría falta planificación y coordinación... Necesitaría ayuda. Aquello era demasiado importante.

Luke se levantó de un salto.

Su padre, pensó. Mason St. John conocía el Plan y entendía su necesidad de llevarlo a cabo, aunque tenía sus reservas sobre las consecuencias de engañar a Maggie. Su padre era la persona perfecta para ayudarlo.

Luke miró su reloj y soltó una palabrota al ver que era demasiado tarde para llamarlo por teléfono.

Pero lo haría a primera hora de la mañana, decidió. Sí, eso estaba bien. Era el siguiente paso en una batalla que, al final, le haría ganar la guerra.

Luke volvió a tumbarse en el sofá, con una sonrisa en los labios.

Sí, iba a haber una boda en Navidad, pero Hermosa y Clyde que, curiosamente, empezaban a parecerle seres reales, no serían los novios.

La boda que se estaba organizando en aquel momento uniría a Maggie Jenkins y a Luke St. John en santo matrimonio para siempre, los declararía marido y mujer, almas gemelas, compañeros de por vida y padres de los hijos que resultaran de las muchas noches que pasarían juntos.

Maggie sería su novia de Navidad. Su Maggie.

Capítulo Ocho

Maggie pasó los días siguientes haciendo el papeleo necesario para la boda. Era la parte menos divertida de su trabajo y a menudo soñaba con tener una secretaria. Pero el presupuesto no le daba para contratar a nadie.

Si tuviera una secretaria, el tedioso trabajo estaría solucionado enseguida y la oficina podría permanecer abierta mientras ella iba de un lado a otro solucionando detalles para organizar la boda perfecta.

Pero, además de no tener presupuesto, no estaba segura de querer seguir con ese negocio.

Maggie suspiró mientras volvía a leer la factura por enésima vez. ¿Por qué no podía concentrarse? Porque no podía dejar de pensar en Luke.

Debería haber terminado con el trabajo horas antes, pero su cerebro no quería comportarse debidamente.

Muy bien, pensó, soltando la factura sobre un montón de papeles, no podía concentrarse. Imágenes de aquella tarde con Luke aparecían en su cabeza continuamente, impidiendo que pensara en otra cosa. De modo que decidió permitirse a sí misma recordar esos momentos durante un rato. Luego, quizá, podría trabajar como una persona normal.

Maggie se quedó mirando al vacío, sin intentar borrar la sonrisa de sus labios. Cada vez que pensaba en Luke, sentía un calor increíble en el bajo vientre, sus pechos se hinchaban, deseando sus caricias... Cielo Santo, su corazón se había puesto a latir a mil por hora.

Había sido el éxtasis, desde luego. No tenía ni idea de que pudiera ser así. Si quisiera describirlo no podría hacerlo porque aún no se habían inventado palabras para describir algo tan bonito.

¿Cómo sería estar casada con él?, se preguntó. Estar con él cada noche, hacer el amor con él cada noche... No quería ni pensarlo. Bueno, quería pensarlo, pero no debía.

Por supuesto, en el matrimonio había cosas que no eran sólo... en fin, eso. Luke y ella harían planes, comerían juntos, irían juntos al supermercado, verían las noticias juntos. Elegirían una casa para los dos y amueblarían habitación por habitación, discutiendo, llegando a acuerdos.

Y, por supuesto, una de las habitaciones de esa casa sería el dormitorio de los niños. ¿Tendrían un niño, una niña? Daría igual. Luego, unos años más tarde, otro pequeño milagro. Luke sería un padre maravilloso, estaba segura, tuvieran dos o cuatro hijos...

Pero cada noche, después de meter a los niños en la cama, arroparlos y leerles un cuento, Luke y ella se irían juntos a su habitación. Y en su cama de matrimonio harían el amor una y otra vez, y el cariño que sentían el uno por el otro aumentaría cada día. Sus labios se encontrarían y...

–¿Maggie?

Ella se volvió en dirección a la voz. Era Luke. De pie, frente a su escritorio, en todo su masculino esplendor.

Pero no estaba allí, lo había imaginado, se dijo a sí misma. No, Luke no estaba allí, de modo que podía seguir soñando lo que le diese la gana...

Maggie se levantó, alargó una mano para tirar de su corbata y lo atrajo hacia ella para besarlo.

Pero en cuanto sus bocas se rozaron se percató, mortificada, de que no era un Luke imaginario sino el Luke de verdad. De modo que soltó la corbata y volvió a sentarse en la silla, deseando que se la tragase la tierra.

—Vaya —sonrió él, pasándose una mano por la corbata—. Hola, Maggie.

—Hola —murmuró ella, mirando su camisa.

—Parece que te alegras de verme.

—Sí, bueno, puedo explicártelo... No, mejor olvídalo, es completamente ridículo. Supongo que has venido porque aún no te he llamado para ir a ver las suites, pero es que he estado intentando librarme de todos estos papeles y aún no he podido ponerme a investigar.

—No, estoy aquí porque te echaba de menos —contestó él—. Así de sencillo.

—¿De verdad? —la sonrisa de Maggie podía iluminar toda la habitación. Pero luego, enseguida, adoptó una expresión de vago interés—. Me alegro.

—Sí, yo también. Y como esta corbata no volverá a ser la misma, diría que tú también me echabas de menos.

—Sí, bueno...

Era el momento de entrar en acción, pensó Luke entonces.

–Vaya, Maggie, me sorprende que lleves ese tono de azul siendo jueves. Espero que no te hayas duchado o bañado esta mañana.

–¿Qué? –Maggie miró el jersey azul y luego levantó la cabeza para mirarlo a él–. ¿De qué estás hablando?

Luke se sentó frente a ella y apoyó los codos en el escritorio.

–En ciertas culturas creen que el color azul representa el mar. Y también piensan que el jueves es el día menos afortunado de la semana. Por lo tanto, si tientas a la suerte y te vistes de azul un jueves, estás destinada a tener un accidente en el agua... en el mar, un río, la bañera...

–¿Se puede saber qué tontería es esa?

–No es una tontería para la gente que cree en esa superstición.

–¿Y cuántos son, tres? Por favor, Luke, ¿te pones un vestido azul en jueves y acabas en el depósito de cadáveres? Eso no hay quien se lo crea.

Él se encogió de hombros.

–¿Quién sabe?

–Además, esta mañana me he dado un baño y aquí estoy, vivita y coleando.

–Bueno, a lo mejor esa superstición no es más que una tontería.

–Y la corbata que llevas es azul. ¿Te has duchado esta mañana?

–Sí.

–Pues ya está, esa superstición es una bobada.

Luke sonrió, satisfecho consigo mismo. Acababa de ganar el primer asalto. Aunque Maggie no se hubiera dado cuenta.

–Es posible que tengas razón.

–Bueno, ¿por qué has venido?

–Uno de mis clientes quería hablar conmigo y he tenido que ponerme la corbata para mantener una larguísima y aburridísima reunión. Pero estaba por aquí y he decidido pasar a saludarte. Ya que me arrugases la corbata.

–No te preocupes, te compraré una nueva. ¿Cuánto te costó?

–Ciento cincuenta dólares.

–¿Ciento cincuenta dólares por una corbata? Qué barbaridad.

–Es de seda, italiana.

–¿Podría comprarte una a plazos?

Luke soltó una carcajada.

–Si aceptas cenar conmigo esta noche, nos olvidaremos de la corbata para siempre. ¿Qué te parece?

–Pues...

–Me apetece una pizza. No tienes que arreglarte para salir... pero no te pongas nada azul.

–Luke, por favor, esa superstición es ridícula. Olvídate de ella.

–Lo intentaré –contestó él, suspirando dramáticamente–. Vendré a buscarte a las ocho, si te parece bien.

–Pero..., –Maggie no pudo contestar porque él salió de la oficina sin darle tiempo–. Las ocho me parece bien.

Luego tomó una factura e intentó concentrarse. Imposible. Desde luego, se había dejado llevar por sus fantasías como una cría. Por el amor de Dios, se había casado con Luke, habían tenido dos niños, ya habían comprado la casa...

Y luego el embarazoso episodio de la corbata.

Daba igual porque todo aquello era temporal, se dijo a sí misma. Podía soñar lo que quisiera con Luke St. John porque los que iban a casarse eran Clyde y Hermosa y después se habría terminado. Luke desaparecería de su vida.

Mientras tanto... podía salir con él porque dominaba por completo sus emociones. Todo iba bien.

Y la superstición del color azul... qué tontería. No entendía como Luke podía creer en una cosa así.

Esa noche, Luke la llevó al otro lado de la ciudad.

–Debe gustarte mucho la pizza que hacen aquí –dijo Maggie, sorprendida.

–Es la mejor pizza de Phoenix –contestó él, mientras dejaba el coche en el aparcamiento–. ¿Qué prefieres en la tuya?

–Me da igual mientras no lleve pescado –contestó ella.

–Muy bien. ¿Un refresco?

–Sí, gracias.

Encontraron una mesa y, unos minutos después, Luke volvió con una pizza que llevaba de todo.

–Me alegro de que hoy sea jueves y no viernes porque mañana es día trece. Y ya sabes que los viernes trece en este país son días de mala suerte.

–No creo que sea peor que ahogarte en la bañera por haberte puesto un vestido azul –rió Maggie–. Luke, ¿se puede saber por qué te preocupan tanto esas supersticiones?

–Siempre he sido supersticioso, pero no suelo hablar de ello porque la gente se ríe del asunto.

–¿Ah, sí?

–Sí. Y he estado pensando mucho en lo que me contaste sobre la maldición de los Jenkins, por cierto. Mi primera reacción fue decirte que era una tontería, pero lo he pensado bien y creo que debo disculparme.

–¿Disculparte?

–Las supersticiones son verdad a veces. Quiero que sepas que yo respeto la maldición de los Jenkins.

–¿En serio? –murmuró ella, sorprendida–. No estarás intentando convencerme de que es una bobada, ¿verdad?

–No, en absoluto. Todo lo contrario.

–¿De verdad no quieres convencerme de que puedo casarme, como cualquier otra chica?

–No.

–Ah.

Bien, de acuerdo. Así estaba mejor. ¿O no? Entonces, ¿por qué de repente se sentía tan deprimida? Que Luke aceptara la maldición de los Jenkins significaba que estaba dispuesto a alejarse de su vida cuando Clyde y Hermosa se hubieran casado. Como ella quería. Y eso era estupendo, ¿no?

Pero le dolía el estómago. Y el corazón. Maldita sea, ¿qué le pasaba?

–¡Luke, hijo! –oyeron una voz entonces.

–¡Papá, qué sorpresa!

Era Mason St. John.

–A tu madre le apetecía una pizza, así que llamé por teléfono y he venido a buscarla. En este sitio hacen la mejor pizza de Phoenix.

–Sí, lo sé, por eso estamos aquí –sonrió Luke–. Pero tú tienes suerte de vivir a unas manzanas de la pizzería. ¿Te acuerdas de Maggie?

–Claro que me acuerdo. ¿Cómo estás, Maggie?

–Muy bien, señor St. John. Encantada de volver a verlo.

–Lo mismo digo –dijo el hombre sonriendo y volviéndose hacia su hijo–. Luke, debo decirte que estoy un poco atemorizado.

–¿Por qué? Cuéntame qué ha acontecido, papá.

«¿Cuéntame que ha acontecido?».

Maggie frunció el ceño. Por alguna razón, parecía como si Luke y su padre estuvieran leyendo un guión. Y haciéndolo fatal, además.

Pero no podía ser. De modo que esperó para ver lo que le había pasado a «papá».

–He perdido mi bellota –contestó el señor St. John.

–No puede ser, papá.

–Lo sé, lo sé –suspiró Mason, llevándose una mano al corazón–. No le he dicho a tu madre que había subido al coche sin mi bellota. Se moriría de miedo.

–Y no me extraña. Pero tranquilo, papá, yo siempre llevo dos –dijo Luke entonces.

Maggie estaba atónita.

–¿En serio?

–Por supuesto que sí. Toma, aquí tienes una bellota de la suerte.

Mason tomó la bellota, la guardó en el bolsillo de la chaqueta y puso una mano sobre el hombro de su hijo.

–Que Dios te bendiga, Luke. Disfrutad de la pizza. Buenas noches, Maggie. Hasta la vista.

Mientras el señor St. John salía de la pizzería, Maggie se quedó mirando a Luke, esperando una explicación para tan extrañísimo comportamiento.

–Aquí hay mucha gente, ¿verdad? Pero es normal considerando que sirven la mejor pizza...

–De Phoenix, ya lo sé –lo interrumpió ella–. ¿Te importaría explicarme lo que acaba de pasar?

–¿A qué te refieres?

–Luke, ¿qué era todo eso sobre una bellota de la suerte?

–Ah, *eso*. Es muy sencillo. Verás, es que da buena suerte llevar una bellota –contestó Luke.

–¿Desde cuándo? No conozco esa superstición.

–Los St. John hemos llevado siempre una bellota en el bolsillo durante años y años. No salimos de casa sin ella. De ahí que mi padre estuviera tan disgustado. Y por eso no quería que mi madre supiera nada, pero yo he solucionado el asunto porque siempre llevo dos. Por una cuestión de seguridad, ¿entiendes?

Maggie se cruzó de brazos.

–Eso es una estupidez.

–¡Desde luego que no! –exclamó Luke, indignado–. Si no llevamos la bellota podríamos acabar con gafe. Recuérdame que busque una bellota para ti, por cierto.

Aquello era imposible. ¿Los St. John eran supersticiosos hasta ese extremo?

¿Una familia de prestigiosos abogados era incapaz de salir de casa sin llevar una bellota en el bolsillo?

—Bueno, vamos a disfrutar de la pizza.

—Sí, pero... Luke, esto de la bellota... Tu padre no ha dicho que haya tenido mala suerte por haberla perdido.

Él asintió mientras mordía la deliciosa pizza.

—No.

—Entonces, ¿no quiere eso decir que la superstición de la bellota no es más que un cuento de viejas? Entiendo que quizá sea una tradición familiar, pero ¿de verdad crees que si no llevaras una bellota te pasaría algo malo?

Luke se quedó mirando al vacío.

—No lo sé, podrías tener razón. Cuando era pequeño me dejé la bellota en el bolsillo de los vaqueros. Mi madre, sin darse cuenta, los lavó y la bellota acabó hecha puré. Tardé algún tiempo en encontrar otra bellota porque no era la época y no me pasó nada... salvo que suspendí un examen de literatura, pero eso fue culpa mía porque no había estudiado.

Maggie tomó una porción de pizza con una sonrisa en los labios, encantada consigo misma.

—¿Lo ves?

—Sí, no sé, lo pensaré —dijo Luke. Aquello estaba yendo mejor de lo que esperaba—. Pero no... espera un momento.

—¿Sí?

—¿Sabes que si te despides de un amigo sobre un puente no volverás a verlo nunca?

–¿Qué?

–A los quince años yo tenía un amigo. Éramos inseparables, lo hacíamos todo juntos, íbamos juntos a todas partes. Un verano estábamos montando en bicicleta y nos despedimos en un puente. No volvimos a vernos jamás. ¿Qué te parece?

–¿Por qué no volviste a verlo? –preguntó Maggie.

–Porque nos despedimos en el puente, mujer. Bueno, la verdad es que su padre era un canalla que pegaba a su madre y... un día ella hizo las maletas y se marchó, llevándose a su hijo. Nadie volvió a verlos por aquí. Yo siempre había creído que era por lo del puente, pero ahora que lo pienso... Bueno, en fin, qué cosas –sonrió Luke–. Asombroso. Tantos años convencido de que había sido el puente y resulta que no tiene nada que ver.

Maggie sonrió.

–Me encanta esta pizza. Tenías razón, es la mejor que he probado nunca. Gracias por traerme aquí.

–De nada. Esto es muy curioso. La bellota, el puente... No tengo datos concretos, pero... en fin, las cosas no son siempre lo que parecen. ¿Quieres otro refresco?

–No, gracias –contestó ella–. Pero te entiendo. Cuando uno cree en algo durante mucho tiempo es difícil cuestionarse si ese algo es real o no. Pero está bien aceptar que no todas las supersticiones son reales.

–Tienes razón. Y debo darte las gracias a ti por mostrarme lo ridículo que es creer en esas cosas –sonrió Luke. Desde luego, se merecía un Óscar

114

por su interpretación–. Pero sigamos con la pizza. Ya está bien de supersticiones por una noche.

–¿Quieres que hablemos de la boda de Clyde y Hermosa?

–Maggie, me encantaría hablar de eso. No tienes ni idea de lo importante que esa boda es para mí.

–Bueno, he reservado la iglesia para el día veintitrés de diciembre. Y el salón del hotel Majestic Palms para el banquete.

–El Majestic Palms, muy bien –asintió él–. Clásico, elegante.

–Tengo una reunión la semana que viene para hablar con el chef. Pero aún me quedan un millón de cosas que hacer: decidir el color de los manteles, las flores para las mesas, comprar la tela para los vestidos de las damas de honor. Y luego el vestido de la novia, claro.

–Sí, claro.

–¿Qué pasa con las invitaciones? ¿Tú crees que Clyde y Hermosa prefieren invitaciones tradicionales o una versión más moderna?

Luke mordió su pizza, pensativo. Las invitaciones no podían encargarse con los nombres de Clyde y Hermosa. Porque no existían. «Piensa, St. John, piensa».

–Pues… ¿por qué no dejamos las invitaciones por ahora? Hasta que hable con ellos.

–Sí, muy bien.

–Seguramente, ya tendrán algo pensado.

–Pregúntales qué les parece que pongamos cerezas silvestres diminutas en el sobre. He pensado que quedaría muy bonito.

–Seguro que les gustará –sonrió Luke–. Por lo visto, hay que tener en cuenta millones de detalles para organizar una boda perfecta, ¿eh?

–Se tarda meses –contestó Maggie–. Pero luego la ceremonia se acaba en pocos minutos. Y en mi familia el matrimonio dura más o menos lo mismo.

«Cambia de tema», pensó Luke, frenético. No quería que Maggie pensara en la maldición de los Jenkins esa noche. Porque sus ojos brillaban cuando hablaba de los planes de la boda y su expresión era de genuina felicidad.

No sólo eso. Tenía que cargarse más supersticiones, hacer que lo creyera si quería tener una buena base para su caso.

No, la maldición de los Jenkins era algo de lo que no debían hablar aquella noche.

–Nunca has visto mi apartamento, ¿verdad?

–No –contestó ella, sorprendida.

–Estaba pensando... tengo helado de chocolate con menta en la nevera. ¿Quieres que tomemos allí el postre?

Maggie se inclinó hacia delante.

–¿Helado de chocolate con menta?

–Sí.

–¿Dos bolas?

–Tres bolas si quieres –rió él, apretando su mano.

–No tengo fuerza de voluntad cuando se trata del chocolate –le confesó Maggie.

–Ya sabía yo que te gustaría. ¿Ves lo bien que te conozco? Es increíble.

Aterrador, pensó Maggie. Estaban empezando

a sentirse conectados el uno con el otro, a adivinar sus gustos... Pero no, eso no podía ser. No iba a ponerse nerviosa por eso.

Estaba a punto de tomar un helado de chocolate con menta. Con Luke.

Ah, sí, la vida era maravillosa.

Capítulo Nueve

–¡Dios mío! –exclamó Maggie, mirando alrededor–. Esto es precioso. Increíble. Nunca había estado en uno de estos áticos.

–¿Te gusta?

–La vista es fabulosa. Yo me quedaría horas aquí, mirando las luces... Supongo que estarás deseando volver a casa cada noche, Luke.

«No, ya no», pensó él. Ahora sólo era un espacio vacío, sin Maggie. Sin que Maggie pudiera llenarlo de su alegría, de su risa.

–Sí, bueno, la verdad es que no tengo mucho tiempo. ¿Lista para el helado?

–Claro. ¿Puedo ver la cocina?

–Por supuesto –rió Luke–. Me gusta ver mi apartamento con tus ojos. Tengo la impresión de que es un sitio completamente nuevo para mí.

Maggie se quedó entusiasmada con la modernísima cocina. Pero cuando Luke llevaba las dos copas de helado al salón se le cayó una cucharilla al suelo.

–¡Maldita sea!

–¿Qué ocurre?

–No sé qué niño va a venir a verme.

–¿Cómo?

–Cuando se te cae una cucharilla al suelo es

porque un niño va a venir a visitarte –contestó Luke–. Un tenedor atrae a una mujer hasta tu puerta y un cuchillo, a un hombre.

–¿No me digas?

–Sí, así es.

–Ya –murmuró Maggie, arrugando la nariz.

–Es cierto –insistió Luke–. El mes pasado se me cayó un cuchillo y... una hora después apareció Robert sin avisar.

–Robert es tu hermano. Es normal que venga a verte, ¿no? No tiene nada que ver con el cuchillo.

–¿Ah, sí? Pues otro día tiré un tenedor y no había metido todos los platos en el lavavajillas cuando sonó el timbre. Era mi madre, que me traía unas galletas.

–¿Robert y tu madre nunca habían venido antes sin avisar?

–Pues... sí.

–¿Y tu madre tiene por costumbre traerte galletas?

–Sí, pero...

–Pues ya está. Que seas un poquito manazas con la cubertería es una coincidencia, nada más. Otra de esas supersticiones que debes olvidar.

–¿Tú crees?

–Claro que lo creo.

–No sé, estás empezando a hacer muchos agujeros en mis supersticiones –murmuró Luke.

–Si no tienes cuidado, esas cosas pueden controlar tu vida.

Luke soltó una carcajada.

–Sí, es cierto. ¿Sabes que hay una que es sólo para mujeres?

–¿Cuál?

–Que si a una mujer se le ve la combinación significa que su padre la quiere más que su madre.

–No, Luke, significa que o la combinación es demasiado larga o el vestido demasiado corto.

–Sí bueno, eso también podría ser. No sé, tendré que pensarlo. Pero ya está bien de supersticiones. Voy a poner algo de música. Vuelvo enseguida.

Unos segundos después, Maggie se quedó inmóvil en la silla.

Porque la música que había puesto era uno de los valses que habían bailado en la boda de Robert y Ginger. La preciosa canción evocaba recuerdos que ella había querido guardar en su corazón para siempre.

¿Recordaría Luke ese vals de manera especial también o sería sólo una coincidencia? No, los hombres no pensaban en esas cosas. La música era sólo música para ellos.

–¿Reconoces el vals? –preguntó él, entrando en la cocina–. Lo bailamos juntos en la boda de mi hermano. Le pregunté al director de la orquesta cómo se llamaba y compré el disco... por si algún día venías a mi casa.

–¿En serio? –exclamó Maggie–. ¿Hiciste eso?

–Sí.

–Claro que me acuerdo del vals.

Luke le ofreció su mano entonces.

–¿Por qué no bailas conmigo?

Maggie alargó la mano y, sin pensar, empezó a moverse con la música. Luke la apretaba contra su pecho mientras iban de la cocina al salón y ella cerró los ojos, apoyando la cabeza en su hombro, disfrutando de su olor, de su calor, de la dureza de su cuerpo. Giraban alrededor de la habitación graciosamente, sin perder un paso, sin tropezar.

Era tan romántico que sus ojos se llenaron de lágrimas. El deseo la consumía, haciendo que no pudiera pensar. Sólo podía sentir y saborear aquella deliciosa música que no parecía terminar nunca.

Pero terminó y se quedaron parados frente al ventanal desde el que podían verse todas las luces de Phoenix. Empezó otro vals, pero no se movieron. Entonces Luke levantó su barbilla con un dedo y la besó en los labios.

El beso fue muy suave, muy tierno; un final tan precioso después de bailar aquel vals que dos lágrimas rodaron por su mejilla.

–Eres tan preciosa –dijo Luke con voz ronca–. He soñado con esto, con verte aquí, en mi casa, delante de esta ventana. con el mundo a nuestros pies. Ah, Maggie, yo...

«Te quiero con todo mi corazón y te querré para toda la eternidad», quería decir.

–Quiero hacerte el amor.

–Sí –musitó ella.

Se besaron sin decir una palabra y luego se separaron lo suficiente como para desnudarse y abrazarse de nuevo. Se besaban de forma urgente, con un deseo tan poderoso que era indescriptible.

Con manos temblorosas se acariciaban.

Con labios ansiosos se besaban.

Con una pasión que aumentaba por segundos, esperaron hasta que no pudieron soportarlo más.

Y luego hicieron el amor, convirtiéndose en uno solo de tal forma que era imposible saber dónde empezaba el cuerpo femenino o terminaba el cuerpo masculino.

La música había parado, pero ellos podían oír su propio vals mientras se movían con el ritmo suave de una canción que era sólo de ellos dos. La tensión crecía cada vez más, llevándolos hasta el final, hasta que, de repente, todo se llenó de luces. Más de las que nunca podrían ver desde aquella ventana.

Fue una explosión de sensaciones como ninguna otra. Luke y Maggie murmuraban el nombre del otro y se acariciaban hasta que rodaron por la suave alfombra, agotados.

Luke alargó el brazo para apretarla contra su pecho y enterrar la cara en su pelo. Maggie contuvo el sollozo que amenazaba con escapar de su garganta.

«Dios Santo», pensó. «Estoy enamorada de Luke».

Estaba enamorada de Luke, era imposible seguir negándoselo a sí misma. Imposible esconderlo. Lo amaba. Él era todo lo que había soñado en un hombre y más. El que le robaría el corazón para siempre si las cosas fuesen de otra manera. Si fuera una mujer normal, si no llevara sobre sus espaldas la maldición de los Jenkins. Lo amaba, pero no podía tenerlo y eso era tan increíblemente triste...

Pero por el momento, pensó, pestañeando para contener las lágrimas, por el momento era suyo. Hasta la boda de Clyde y Hermosa, Luke era suyo. Y guardaría en su corazón cada momento, cada caricia, cada beso mientras intentaba olvidar el tictac del reloj que marcaría el final.

–Lo que acabamos de compartir ha sido... –empezó a decir Luke–. No tengo palabras.

–Yo tampoco –asintió Maggie–. Pero sé que nunca lo olvidaré.

–Ni yo, cariño. Pero me temo que el helado ha debido derretirse.

Ella sonrió.

–Y mis huesos también.

El tiempo perdió todo sentido mientras se quedaban así, abrazados en placentero silencio, hasta que por fin Maggie suspiró.

–Me estoy quedando dormida. Será mejor que me vaya a casa, Luke.

–No, quédate, por favor. Dormiremos con la cabeza sobre la misma almohada, en mi cama. Y desayunaremos juntos mañana.

–No creo...

–Por favor.

¿Por que no?, pensó Maggie. «De perdidos al río». Porque estaba locamente, irrevocablemente enamorada de aquel hombre. El daño estaba hecho. Su corazón se rompería el día que le dijera adiós. ¿Por qué no compartir con él lo que pudiera mientras fuera posible?

–Sí, me quedaré –dijo por fin.

–Gracias –murmuró Luke, levantándose–. Vamos, te prometo que mi cama es más blanda que el suelo.

Maggie tomó su mano y dejó que la levantara, riendo. Juntos fueron al dormitorio principal, decorado en tonos grises y azules. Un dormitorio muy masculino. Luke encendió la lamparita y apartó la colcha para mostrar unas sábanas de color burdeos.

–Ah, espera. Tienes que recordar por qué lado de la cama te acuestas.

–¿Para qué?

–Para levantarte por el mismo lado.

–¿Otra vez? –rió Maggie, levantando los ojos al cielo–. ¿Otra superstición de los St. John?

–Bueno, por lo menos yo tengo una variedad de supersticiones. Tú sólo tienes esa maldición familiar.

Maggie arrugó el ceño.

–Que varias generaciones de Jenkins pueden confirmar.

–Eso podría ser cierto... o no. Tú has conseguido cargarte todas las supersticiones en la que yo creía, me has demostrado que puedo dudar de ellas. Podría ser lo mismo con tu maldición.

–No –dijo Maggie, dando un paso atrás–. No voy a pensar que la maldición no existe porque estaría haciéndome daño a mí misma, Luke. He visto cómo sufre la gente que piensa que es inmune. No.

–Muy bien, muy bien, de acuerdo –dijo él, levantando las manos en señal de paz–. Olvida lo que he dicho. No quería disgustarte. Y tampoco quería estropear esta maravillosa noche –añadió, señalando la cama–. ¿Madame?

Maggie se dejó caer sobre la cama con un suspiro de placer.

–Ah, qué blandita.

–Voy a apagar las luces y a tirar el helado –dijo Luke entonces–. Vuelvo enseguida.

–Muy bien –musitó ella, intentando contener un bostezo.

Riendo, Luke salió del dormitorio. Cuando volvió, Maggie estaba profundamente dormida. Se metió en la cama, a su lado, y se apoyó en un codo para mirarla.

Era tan bonita, pensaba. Maggie estaba allí, con él, en su cama, donde debía estar. Si llevase una alianza en el dedo sería perfecto.

Estaba ganando pequeñas batallas cada vez que ella se empeñaba en que sus supersticiones no eran más que tonterías. Cada una de ellas le daba munición para demoler la maldición de los Jenkins. Estaba haciendo progresos. ¿O no? Por Dios, tenía que estar haciendo progresos.

Pero Maggie era tan obstinada... estaba tan convencida de la maldición de los Jenkins, tan segura de que ella no podría ser la que rompiera ese desastroso ciclo de divorcios...

No, había dicho. No.

Y las pequeñas victorias no significaban nada si no ganaba la batalla final. Luke no podía soportar la idea. De modo que seguiría adelante, día a día, rompiendo aquel muro. Iba a matar al dragón que la tenía prisionera.

Iba a casarse con Maggie Jenkins. Ella lo amaba, estaba seguro de eso. Y él la amaba con todo su corazón. Ese amor crecería, se haría más fuerte, más sólido y él habría roto la maldición para siempre.

Luke apagó la lamparita y se tumbó al lado de Maggie, su cabeza en la misma almohada, como le había prometido.

Pero tardó muchas horas en dormirse.

***

Dos semanas después, Maggie y Luke estaban en la suite de luna de miel de uno de los hoteles más exclusivos de Phoenix.

–¡Luke, esto es horrible! –exclamó Maggie–. ¿Una cama en forma de corazón? ¿Una bañera roja, cortinas rojas? No he visto una habitación más horrible en toda mi vida.

–Pues no sé yo... Supongo que depende de si te gusta el rojo o no.

–A mí me gusta el rojo, pero en su justa medida.

–Sí, bueno, en realidad este sitio parece más una habitación para el día de San Valentín. Madre mía, se han vuelto locos.

–El director ha dicho que es muy popular, que mucho novios se alojan aquí, pero... yo no lo entiendo.

–Es incluso peor que la que tenía cuarenta y dos Cupidos de peluche.

–Calla, no me lo recuerdes –rió Maggie.

–Los conté, ¿sabes? Había exactamente cuarenta y dos Cupidos de peluche con sus correspondientes flechas. Qué pesadilla.

–Bueno, pues nada, ésta tampoco nos gusta –Maggie miró su reloj–. Tengo que irme. He quedado con Janet y Patty para la primera prueba del vestido.

–¿Has visto algún... vestido de novia?

–No, aún no. Pero estoy segura de que el vestido de mis... de los sueños de Hermosa está en la tienda porque tienen una selección increíble. Es la tienda en la que Ginger compró el suyo. Aunque es muy cara.

–Eso no importa –dijo Luke–. No pienses en el

dinero. No hay límite. En otras palabras, compra lo que quieras.

–Muy bien. Vámonos, tanto rojo me está dando dolor de cabeza.

–¿Seguro que no puedes venir a casa esta noche? –preguntó Luke entonces.

–No, tengo que visitar a mi madre. La pobre se siente sola y no me extraña. Yo estoy todo el día trabajando y mis hermanos están liadísimos. Así que me iré a su casa desde la tienda.

–Te echaré de menos –suspiró él–. Me estoy acostumbrando a dormir contigo y a verte por las mañanas, cuando abro los ojos. Me gusta. Me gusta mucho.

Maggie apartó la mirada.

–Sí, a mí también. Por cierto, ¿te acuerdas de la superstición de la que me hablaste anoche? Pues quiero que sepas que esta mañana me he puesto antes el zapato izquierdo que el derecho y no me ha pasado absolutamente nada.

Luke la tomó del brazo cuando iba a salir de la suite.

–¿No crees que te estás arriesgando tontamente?

–Luke, por favor. Deberías alegrarte al comprobar que ninguna de esas supersticiones tiene base en la realidad. Yo me arriesgo por ti, para que veas que puedes librarte de todas esas tonterías.

–Ah, qué interesante –murmuró él–. ¿Estás diciendo que todas las supersticiones son tonterías?

–Bueno, no todas. Me refería a esas supersticiones de meterte en la cama siempre por el mismo lado, ponerse el zapato derecho antes que el izquierdo... Hay algunas supersticiones que no son más que bobadas.

Luke la miró, pensativo. Bueno, haciéndose el pensativo.

—Yo tenía un amigo en la universidad que creía que nunca podría tener un coche propio. Cada vez que compraba uno resultaba un desastre y tenía que devolverlo al concesionario. Así que se rindió y dijo que no volvería a comprar un coche en toda su vida. Iba en moto, en taxi, en autobús...

—¿Y qué pasó?

—Le convencí para que volviese a intentarlo, así que fuimos a un concesionario de coches usados y estuvimos mirando hasta que encontró uno que tenía buena pinta. No iba a comprarlo, sólo iba a dar una vuelta. Así que fuimos al taller de un amigo que era mecánico.

—Y os dijo que el coche era un cacharro, ¿no? —sonrió Maggie.

—No, dijo que estaba en perfectas condiciones y que rodaría por lo menos cien mil kilómetros sin darle ningún problema. Así que mi amigo lo compró.

—¿Ah, sí?

—Sí. La última vez que nos vimos seguía teniendo el mismo coche. Me dijo que le daba pánico pensar lo que habría sido de él si no se hubiera decidido a comprarlo.

—Pero...

—Piénsalo —la interrumpió Luke, inclinándose para darle un beso en los labios—. Venga, vamos. Se está haciendo tarde.

—¿Para qué? —murmuró ella, distraída—. Ah, sí, los vestidos de las damas de honor.

Salieron de la suite y, cuando Maggie no podía verlo, Luke hizo un gesto de triunfo.

¡Sí! La historia de su amigo le había hecho pensar, estaba seguro. Una historia que no era real. La había inventado en ese preciso instante.

Maggie había estado pendiente de cada una de sus palabras, tanto que había olvidado su cita en la tienda de novias.

Poco a poco, él iba a «aceptando» que sus «falsas» supersticiones no eran verdad mientras sólo le pedía que ella se olvidase de una: la maldición de los Jenkins.

La más importante de todas, de la que dependía su futuro. La que tenía que destruir si quería conseguir el corazón de Maggie Jenkins para siempre.

–Voy a sujetar el bajo con imperdibles –estaba diciendo la modista– hasta que las damas de honor vengan a probárselos.

–Ay, ojalá fuera yo –suspiró Janet–. Este vestido es divino. Me encanta el verde. Yo quiero este vestido para mí.

–Eso es lo que ha dicho antes Patty –rió Maggie–. Dice que esto de probarse un vestido que no va a ser para ella es una tortura insoportable.

–Y tiene razón –afirmó su hermana.

–Bueno, ya está –dijo entonces la modista–. Deje que la ayude a quitarse el vestido.

–No, quiero quedármelo –protestó Janet–. ¿Qué tal si me niego?

–Me temo que no servirá de nada.

El vestido desapareció y la modista las dejó solas mientas Janet se ponía su propia ropa.

—Janet, ¿puedo hacerte una pregunta?

—Sí, claro.

—Cuando te casaste con Roger, ¿creías que tú ibas a poder con la maldición?

—Absolutamente —contestó su hermana—. Estaba loca por Roger, Maggie. Tanto que no quise ver cosas de él que no me gustaban nada... hasta que fue demasiado tarde.

—¿Ah, sí? Yo no sabía eso.

—Nadie lo sabía. Pensé que podría hacerlo cambiar, tonta de mí. Roger se jugaba el sueldo a las cartas, cambiaba de trabajo cada tres por cuatro, se gastaba el dinero en lugar de llevarlo a casa...

—Vaya.

—Incluso después de que nacieran los niños siguió igual. Era como tener otro crío en casa. Cuando me divorcié, nadie me preguntó. La familia pensó que era la maldición de los Jenkins, claro.

—¿Y con Bill? —preguntó Maggie—. ¿Qué pasó con Bill?

—Ay, cariño, eso fue una broma. Me sentía sola, me daba pánico criar a mis hijos sin un padre, vivía contando el dinero porque no me daba para nada... así que me agarré a Bill como a un clavo ardiendo. Seis meses después estaba harta de que me engañase. O sea, que divorcio número dos.

—¿Y por qué nunca me habías dicho que la maldición de los Jenkins no tuvo nada que ver con tus divorcios?

—Porque así era más fácil. ¿Para qué contarle a todo el mundo mis errores? A nadie le gusta que le juzguen. De este modo, toda la familia me apoyaba y se compadecía. No era más que otra víctima de la maldición.

–¿Tú crees que existe la maldición de los Jenkins? –preguntó Maggie entonces, conteniendo el aliento.

–No lo sé –contestó Janet–. ¿Es real o es que nuestra familia elige mal a sus parejas? ¿O muchos de los matrimonios fracasaron debido a la maldición? No porque exista de verdad sino porque estaban convencidos de que iban a fracasar y, sencillamente, no pusieron demasiado empeño. ¿Quién sabe? ¿Por qué me preguntas eso? Hace años que no hablamos de la maldición familiar.

–Sí, bueno... es que... Es por Rosas y Sueños. Yo me dedico a trabajar con novias felices y mamá piensa que es un error. Ella cree que la maldición existe. Y la verdad es que trabajar en esto me ha hecho pensar mucho...

–No sabes mentir ni has sabido nunca, Maggie Jenkins –la interrumpió su hermana–. Aquí pasa algo y quiero que me lo cuentes ahora mismo.

Maggie puso cara de inocente.

–No hay nada que contar –respondió, mirando el reloj–. Huy, es tardísimo. Tengo muchas cosas que hacer. Ya sabes detalles, detalles, detalles... la lista de detalles para organizar una boda es interminable.

–Para organizar la boda de tus sueños –le recordó su hermana–. Eso es lo que estás haciendo, ¿no?

–Bueno, es que me han hecho un encargo extrañísimo. Los novios no llegarán a Phoenix hasta unos días ante de la boda y... en fin, yo tengo que organizarlo todo sin contar con ellos. Y sí, ésta es la boda de mis sueños. O más bien sería la boda de mis sueños, pero como yo no voy a casarme debido a la maldición... que tú ahora dices que podría no existir... –Maggie se llevó una mano a la frente–. ¿Ves? Ahora me duele la cabeza por tu culpa.

–Maggie, no hay manera de demostrar que la maldición existe, diga lo que diga mamá.

–Pero nosotros siempre hemos creído en ella, desde que éramos pequeñas. No podemos fingir que no existe. Hemos perdido la cuenta de los divorcios que ha habido en nuestra familia. No hay un solo matrimonio feliz en toda la historia de los Jenkins.

–Pero podría haber una explicación para cada uno de esos divorcios, ¿no te parece? –preguntó Janet–. Como la hay para los míos. Y en cuanto a mamá y papá... ¿la maldición? Venga, Maggie, por favor. Es el típico caso del hombre de mediana edad que se enamora de su secretaria, más guapa y más joven que su esposa, y cree que va recuperar su juventud y su libertad estando con ella. Eso no es una maldición, es una descarga de hormonas.

–Pero...

–Mira, no sé. Algún día un Jenkins se casará y será feliz para siempre y se habrá terminado la maldición. El amor es muy poderoso, cariño. ¿Será ese Jenkins uno de mis hijos? ¿O serás tú?

–¿Yo? –Maggie se llevó una mano al corazón–. No seas boba. A mí me da miedo.

–¿Por qué?

–No quiero enamorarme y que luego me rompan el corazón. No pienso arriesgarme, lo siento. Yo no.

–¿Ah, no? ¿Y si te enamoras de verdad?

«Ya estoy enamorada», pensó Maggie. «Y no pienso hacer nada, además de aceptar el hecho de que mi tiempo con Luke St. John está acabándose».

–Vamos a cambiar de tema. ¿Quieres saber algo gracioso? Según una superstición, si ves una ambulancia tendrás mala suerte a menos que te pellizques la nariz hasta que veas un perro negro.

Janet soltó una carcajada.

–Lo que nos faltaba. Más supersticiones. Qué bobada.

–Desde luego. Un pececito rojo en un estanque da buena suerte, pero si lo tienes en tu casa da mala suerte. ¿Qué te parece?

–¿De dónde sacas esas cosas? –rió Janet.

–Y si te pica un pie, es que vas a hacer un viaje.

–Yo voy a hacer un viaje ahora mismo, a mi casa –dijo su hermana–. Antes de que me vuelvas loca con esas tonterías.

–¿Las supersticiones son tonterías? –preguntó Maggie entonces, poniéndose muy seria–. ¿Tú crees que la maldición de los Jenkins es una tontería, Janet?

–No lo sé, de verdad no lo sé. Pero algún día alguien de nuestra familia se enamorará, se casará y vivirá feliz para siempre. Estoy absolutamente segura –sonrió su hermana, mirando el reloj–. Tengo que ir a buscar a los niños al colegio. Gracias por dejarme hacer el papel de Cenicienta con ese vestido. Adiós, cielo.

–Adiós –murmuró Maggie, mirando al vacío.

Ella siempre había creído en la maldición de los Jenkins. Pero ahora... después de hablar con su hermana empezaba a dudar. ¿Y si no existía tal maldición? Pero no, no podía ser. No podía arriesgarse.

Sin embargo, Janet le había dicho que sus dos matrimonios habían fracasado por cosas que no tenían nada que ver con la maldición familiar...

–Perdone, señorita Jenkins –la llamó la modista.

–¿Sí?

–¿Va a mirar los vestidos de novia?

–No, hoy no –contestó Maggie–. Hoy estoy... cansada.

–Entiendo –sonrió la mujer–. Pero tendrá que elegir el vestido lo antes posible. El tiempo pasa.

–Sí, tiene razón. Lo haré pronto, se lo prometo. Tendré mi momento Cenicienta, luego me quitaré el vestido y... volveré a ser yo otra vez.

Mientras tanto, contaría los días que le quedaban hasta que tuviera que decirle adiós a Luke St. John. Hasta que volviera a ser simplemente Maggie Jenkins, la chica que siempre estaría sola.

Capítulo Diez

Durante el mes siguiente, Maggie se sentía como si hubiera dos personas completamente diferentes dentro de su cuerpo.

Una era una persona alegre, feliz y absolutamente enamorada de Luke. Salían mucho juntos, iban al cine, jugaban con la cometa en los días de viento, disfrutaban merendando o dando un paseo en canoa por el parque del Encanto, yendo de compras o asistiendo a charlas interesantes en la Universidad de Arizona. Cocinaban juntos, lo cual era un desastre y, además, Maggie se encargaba de organizar la boda de Clyde y Hermosa.

Y luego, por las noches, hacían el amor.

La otra Maggie se consumía de miedo cada vez que miraba el calendario. El verano se había convertido en otoño y, por fin, habían encontrado una suite perfecta para los novios. Decorada con muy buen gusto, tenía una preciosa vista de la ciudad, un jacuzzi y una chimenea en la habitación.

Maggie le había dicho a Luke que sería imposible que no les gustara... mientras se le rompía el corazón porque la suite no sería para ellos.

Su vida, pensó, empezaba a ser la del payaso que reía por fuera y lloraba por dentro.

La modista de la tienda de novias dejaba mensajes en su contestador todos los días recordándole que tenía que elegir el vestido de novia, pero Maggie inventaba excusas para no ir. Porque tenía miedo de ponerse a llorar en cuanto se viera con el vestido de sus sueños. La idea de elegir el vestido y probárselo sabiendo que no era para ella era sencillamente insoportable.

Ginger y Robert volvieron de su viaje de novios en Grecia y, una noche, salieron los cuatro juntos a cenar. Los recién casados estaban radiantes de felicidad y Maggie tuvo que admitir que se moría de envidia.

Pero Luke seguía con el asunto de las tontas supersticiones. El día que anunció que daba mala suerte sentarse en una mecedora, Maggie lo llevó a una tienda de muebles, empujó todas las mecedoras que había allí y luego se marchó sin decir una palabra. Ya estaba bien de tanta tontería.

Cuando llegó el final de octubre y los niños empezaron a preparar sus disfraces de Halloween, Maggie insistió en que debían elegir las invitaciones *ya* porque debían enviarlas con tiempo.

–Luke, tienes que hablar con ellos. Tengo que hacerlo ya, esta misma semana.

–Lo haré, lo haré –murmuró él, sin dejar de mirar la televisión.

–¿Cuándo?

–¿Qué?

–¿Cuándo vas a llamar a Clyde y a Hermosa para que te digan qué clase de invitaciones quieren?

–Mañana.

–¿Me lo prometes?

–Te lo prometo. Mira ese coche. No hay ruedas como las del coche de James Bond.

—Ya, seguro.

—Si en Detroit hicieran coches así yo sería el primero en comprar uno.

—Luke —dijo Maggie entonces—. Estoy empezando a dudar sobre la maldición de los Jenkins.

—Sí, bueno. Yo encargaría el mío en color rojo cereza y... ¿qué has dicho?

—Nada —suspiró ella—. No quería decirlo en voz alta. Es que pienso en ello continuamente y me ha salido así, sin darme cuenta...

—¿Has dicho que dudas de la maldición?

—Sí. Todo es tan confuso... Hace poco hablé con mi hermana y me contó las razones por las que se había divorciado. Y no tenían nada que ver con la maldición.

—Sigue —murmuró Luke, nervioso.

—Mi madre nos habló de esa maldición cuando mi padre la dejó y yo crecí creyendo firmemente en ella, pero ahora... Janet piensa que es mala suerte o que elegimos mal. Y que si el amor es verdadero, algún día un Jenkins podrá vivir feliz para siempre con su pareja.

—Sí, sí, tu hermana tiene razón —dijo Luke a toda prisa—. Tu hermana es una chica muy lista, desde luego.

—Janet dice que quizá uno de sus hijos romperá la maldición. O que quizá sea yo.

A Luke se le hizo un nudo en la garganta.

—Maggie, eres tú. Eres tú quien va a romper esa maldición porque te quiero con toda mi alma... Estoy locamente, profundamente enamorado de ti, cariño. Quiero casarme contigo, tener hijos, hacerme viejo a tu lado. Quiero que seas mi mujer lo antes posible.

–Pero yo... –Maggie no pudo seguir porque tenía los ojos llenos de lágrimas.

–¿Tú no me quieres?

–Sí, sí, te quiero. Claro que te quiero. No quería enamorarme de ti, pero desde que te vi en la iglesia... Sigo preocupada por la maldición, pero la verdad es que ahora ya no sé... ¿Sabes a lo que me agarro para tener valor? A ti, Luke. A ti y a tus supersticiones. Tu familia ha creído en esas cosas durante años y, sin embargo, tú estás dispuesto a arriesgarte, a comprobar que no son ciertas. Eres tan valiente...

–Maggie...

–No, de verdad. Tú eres capaz de retarte a ti mismo, de dudar, de pensar que quizá todo eso es mentira, que no tiene ninguna base.

Luke se puso pálido.

–Verás, yo...

–Si tú tienes valor para hacerlo, yo debería tenerlo también. ¿No crees? Debería ser valiente y olvidarme de la maldición.

–Maggie, escúchame. Tengo que decirte algo –suspiró Luke–. Pero quiero que recuerde que estoy loco por ti, que te amo y que tenemos por delante un futuro maravilloso. ¿Lo harás?

–Sí, bueno, pero...

–Escúchame, por favor –la interrumpió él, tomando su mano–. Maggie, cariño mío. Yo nunca he creído en esas supersticiones.

–¿Perdona?

–Ni siquiera conocía la mitad de ellas. Mi secretaria las encontró en Internet.

–¿Qué? No entiendo nada.

–Estaba desesperado, amor mío. No sabía qué hacer para convencerte de que la maldición de tu familia no era más que una obsesión. No sabía qué hacer para convencerte de que no existe tal maldición. Pensé que si yo te demostraba que podía olvidarme de mis supersticiones, te darías cuenta de que esas cosas no son más que bobadas.

–¿No creías que los pececitos rojos en casa dan mala suerte? –preguntó Maggie.

–No. De hecho, tenía un acuario entero cuando era pequeño.

–¿Me has mentido? –exclamó ella entonces–. ¿Has estado contándome mentira tras mentira?

–No eran mentiras exactamente, cariño. Era parte de un plan para lograr tu amor –contestó Luke.

–¿Un plan?

–Tenía que convencerte de que no existen las maldiciones y de que tú y yo podríamos estar juntos para siempre. Mi padre me ha ayudado.

–¡Tu padre!

–Bueno, ya sabes, la noche aquella de la bellota...

–No me lo puedo creer –lo interrumpió Maggie, soltando su mano–. ¿Sobre qué más me has mentido, Luke?

–Por favor, no uses esa palabra. Es feísima –suspiró él–. Verás, yo tenía un plan. EL Plan, con mayúsculas.

–¿Sobre qué más me has mentido, Luke St. John?

Él la miró a los ojos y respiró profundamente.

–Sobre la boda.

–¿Qué boda?

–La de Clyde y Hermosa.

–¿Qué pasa con la boda? ¿Qué mentiras puedes haberme contado sobre una boda?

–Pues verás... es que... Clyde y Hermosa no existen. Me los inventé. Necesitaba una excusa para estar a tu lado, para enamorarte. El Plan... aunque supongo que te cansarás de oír esa palabra, consistía en que tú organizases la boda de tus sueños conmigo al lado.

–¿Qué?

–Y así, quizá, te enamorarías de mí. Y lo tendríamos todo preparado para casarnos –terminó Luke, con la misma expresión que tendría un cachorro al que acabasen de echar una bronca.

–Por eso no me decías nada de las invitaciones, claro. No podías preguntarle a Clyde y Hermosa cómo las querían porque no existen. Y... y... no estábamos eligiendo una suite para ellos sino...

–Para nosotros, Maggie. ¿Es que no lo ves? Yo quería que nuestra boda fuera perfecta, todo lo que tú hubieras soñado. Y lo será, ya lo verás. Lo hice por nosotros, cariño –Luke se pasó una mano por el pelo–. Maggie, por favor, dime que entiendes lo que he hecho.

–Lo que entiendo es que eres un mentiroso –contestó ella–. Eres despreciable.

–Maggie, no...

–Supongo que te habrás reído como un loco mientras le contabas a tu padre los progresos que hacías con tu maravilloso plan.

–No, por favor... Tenía que librarme y librarte a ti de la maldición de los Jenkins, cariño. Lo hice por eso. ¿Por qué iba a reírme de ti si te adoro? Te quiero y sé que tú me quieres a mí. Y ahora, por fin, tienes dudas sobre esa absurda maldición...

–No, no las tengo –lo interrumpió ella.

–¿Qué?

–No tengo dudas de que exista la maldición. Es muy real, querido Luke, porque yo soy su última víctima –dijo Maggie entonces, con voz temblorosa–. Me he enamorado de un mentiroso, de un liante, de un tramposo... de un hombre que hace planes ocultos para engañar a los demás.

–¡No! Te has enamorado de un hombre que te quiere, Maggie. Que te quiere con todo su corazón y que haría lo que fuera para tenerte a su lado toda la vida. Por culpa de esa maldición tuve que inventar un plan porque sabía que me habrías rechazado si intentase salir contigo de otra manera. No eran mentiras, eran... bueno... eran...

–¡Vete de aquí! –gritó Maggie entonces–. ¡Vete de mi casa y de mi vida!

–Cariño, por favor... No nos hagas esto. Estamos enamorados y podemos vivir una vida maravillosa juntos. Tener hijos, hacernos mayores sin separarnos nunca. Las supersticiones no son reales, no existen. Tú eres libre para quererme. Por favor, Maggie. Cásate conmigo. Te lo suplico.

Las piernas de Maggie se negaban a sujetarla por más tiempo y se dejó caer en el sofá, llorando. Aquello no podía pasar. «Por favor, que esto sea un mal sueño». Luke había estado jugando con ella, con sus emociones, con su corazón.

No había ningún Clyde. No había ninguna Hermosa. ¿Cómo podían haberse convertido en seres tan reales sin haberlos visto nunca?

Y todas esas absurdas supersticiones no eran más que parte de un plan...

¿Cómo podía haberle hecho eso? ¿Cómo podía haberle mentido día tras día, noche tras noche después de hacer el amor? Luke St. John no era ni remotamente lo que ella había pensado.

Y ella era una víctima de su engaño.

Y la última víctima de la maldición de los Jenkins.

–¿Maggie?

–Déjame sola –dijo ella, ocultando la cara entre las manos.

Luke dejó caer los hombros y bajó la cabeza durante unos segundos, vencido. Pero luego la levantó e intentó controlar sus emociones.

Había perdido la guerra, pensó, desolado. Había luchado con todas sus armas, pero al final no había conseguido a Maggie.

De nuevo se había ocultado tras aquel muro, agarrándose a la maldición, a aquella absurda y ridícula maldición, y no quería verlo más. Él no podía hacer nada. La única mujer a la que había amado en toda su vida, la única a la que amaría siempre, jamás sería suya.

Y ahora entendía lo que era tener el corazón roto. Jamás le había dolido algo de esa forma. Era la pérdida más aterradora que había sufrido en toda su vida.

–Lo siento –dijo en voz baja–. Yo nunca he querido hacerte llorar. Nunca quise hacerte daño. Lo que hice, lo hice por amor. Pero me equivoqué. Y no sabes cómo lo siento. Adiós, Maggie.

Luke se volvió para bajar la escalera y salir a la calle.

Cuando oyó la campanita que anunciaba su marcha, Maggie apartó las manos y dejó que las lágrimas rodaran libremente por su rostro. Estaba tan angustiada que no podía respirar y los sollozos llenaban el silencio de la habitación.

Por fin, se tumbó en el sofá y siguió llorando hasta que no le quedaron lágrimas. Le dolía la cabeza y el corazón por todo lo que podía haber sido y no sería nunca.

Por fin, agotada, se quedó dormida. Y soñó con mecedoras, con bellotas, con pececitos rojos y con rosas. Rosas marchitas, los pétalos cayendo al vacío y despareciendo hasta que no quedaba nada.

Nada.

Capítulo Once

Después de tres días y tres noches llorando sin parar, Maggie estaba harta de sí misma. El sábado por la tarde llamó a Patty y le preguntó si podía ir a su casa. Su amiga se presentó una hora después y, en cuanto vio que tenía los ojos hinchados, exigió saber qué le pasaba.

—Cuéntamelo todo ahora mismo.

Y Maggie se lo contó. Durante el relato, tuvo que parar varias veces para llorar, pero Patty esperó pacientemente mientras le hablaba del «diabólico» plan de Luke, de sus mentiras, de sus engaños. Maggie le confesó su amor por Luke St. John y anunció, convencida, que ella era la última víctima de la maldición de los Jenkins.

—Ahora tengo que cancelar todo lo que había organizado para la boda de Clyde y Hermosa —siguió, mientras Patty la miraba boquiabierta—. Pero cada vez que levanto el teléfono me pongo a llorar... Estoy fatal. Creo que nunca me recuperaré de este desastre. Estoy tan triste, Patty.

—Eso es evidente —murmuró su amiga—. No sé si te va a gustar lo que voy a decir, pero en mi opinión ese plan de Luke es la cosa más romántica que he oído en toda mi vida.

—¿Qué? —exclamó Maggie, levantándose de un salto.

–Siéntate.

–¿Cómo puedes decir eso? ¿Romántico? ¡Ja! No hay nada romántico en las mentiras, Patty...

–Cálmate y escúchame. Luke y tú os sentisteis atraídos el uno por el otro desde el primer día, ¿no?

–Sí, pero...

–Si él hubiera sugerido durante el banquete que salieras con él, tú le habrías dicho que no. ¿Me equivoco?

–No, pero...

–Y, Luke, que debe ser un hombre muy listo, pensó que tenía que hacer algo diferente para conquistarte. Tú imagínate la cantidad de tiempo y energía que ha puesto Luke St. John en organizar ese plan.

–Pero era mentira. Todo era mentira.

–No era mentira, era una forma de convencerte de que la maldición de los Jenkins es una bobada –insistió su amiga–. Te quiere y haría lo que fuera por estar contigo.

–Pero...

–Maggie, por favor, ese hombre está enamorado de ti. Y tú, con esa historia de que no puedes casarte nunca, de que estás predestinada a vivir sola para siempre por una estúpida superstición, le obligaste a inventar algo para ganar tiempo. Algo para poder enamorarte. Mira, Maggie, si alguien hiciera eso por mí yo me derretiría.

–¿Cómo puedes decir eso? ¿Cómo puedes ponerte de su lado?

–A mí me parece de lo más romántico. Amor en su estado más puro.

–Tú te has vuelto loca –replicó Maggie, disgustada.

–¿Cuántos hombres organizarían todo este follón para enamorar a una chica? Ese pobre hombre estaba tan desesperado que hasta le pidió ayuda a su padre, Maggie. Y es Luke St. John, ni más ni menos. Uno de los abogados más prestigiosos de Phoenix. ¿Tú crees que Luke no tiene nada mejor que hacer que organizar elaborados planes cada vez que quiere ligar con una chica? Si ha hecho esto, lo ha hecho por amor. Por amor verdadero.

Maggie arrugó la nariz.

–¿Y qué?

–¿Cómo que y qué? ¿Cuántos hombres harían eso? ¿Qué más quieres, Maggie? Le pidió a su secretaria que buscase información sobre las supersticiones. Una secretaria que, seguramente, tendría mil cosas que hacer. Se inventó a Clyde y a Hermosa... vaya nombres, por cierto.

–Sí, desde luego.

–Se inventó una pareja inexistente y te pidió que organizases la boda de tus sueños. ¡La boda de tus sueños, Maggie! Estabas organizando la boda con la que tú has soñado desde que eras pequeña. Y eso sin saber si accederías a casarte con él. ¿Cómo puedes pensar que Luke no te quiere?

Maggie se llevó una mano al corazón.

–Dios mío, ¿qué he hecho? Lo único que podía oír mientras me hablaba de su plan era que todo era mentira... sólo oía lo que había hecho, no por qué lo había hecho. Y luego lo eché de aquí a patadas...

–Bueno, supongo que no lo dices literalmente.

–No, bueno, no... Ay, Patty, yo quiero a Luke con todo mi corazón y ahora lo he perdido. Me porté fatal con él, le dije que era un mentiroso y un ser despreciable. Qué tonta soy.

–Desde luego que sí –asintió su amiga.

–Vaya, gracias.

–Por favor... ¿se puede saber qué haces aquí llorando como una Magdalena en lugar de hacer algo?

–¿Y qué puedo hacer? He metido la pata, he maltratado al hombre de mi vida...

–Mira, una cosa está clara: Luke St. John te quiere más que tú a él.

Maggie abrió los ojos como platos.

–¿Cómo puedes decir eso?

–Muy fácil, he abierto la boca y las palabras me han salido solitas. ¿Qué voy a pensar? Ese hombre formuló un plan para casarse contigo. No para darse un revolcón sino para casarse contigo, para que fueras la madre de sus hijos. ¿Y tú no piensas hacer nada más que llorar?

–Pero es que... no sé qué hacer, Patty.

–Bueno, pues entonces vamos a pensar. Tu futuro está en juego. Y el de Luke. Tenemos que trazar un plan. Un buen plan.

–¡Maldito Plan! –gritó Luke–. He perdido a la mujer de mi vida por ese plan que tan magnífico me parecía.

–Intenté advertirte –le recordó Mason St. John.

–Sí, ya, pero no te hice caso.

–¿Me harías caso ahora?

–Sí, por supuesto.

–Dale unos días. Las mujeres suelen pensar y repensar las cosas mil veces. Deja que le dé vueltas a lo que ha pasado y saque sus propias conclusiones. Sé paciente, hijo.

–¿Cuánto tiempo debo esperar? –preguntó Luke–. ¿Hasta que Maggie me visite en una residencia y me diga que le sigo pareciendo un ser despreciable?

–Eso ha sido muy gracioso.

–Papá, por favor, esto no tiene nada de gracioso.

–Aparecerá, seguro –dijo Mason St. John–. Tiempo, Luke, paciencia. Ése es el nuevo plan. Ah, y hazme un favor, no vayas al bufete esta tarde. No puedo soportarte más.

–¿Qué?

–Lo que oyes. Quédate en casa, vete a dar un paseo, vete al cine, lo que quieras, pero déjame vivir en paz.

–Muchas gracias –murmuró Luke, con el ceño fruncido.

La semana siguiente no terminaba nunca. Luke le preguntó tantas veces a su secretaria qué día era que Betty acabó mirándolo como si quisiera fulminarlo.

Era incapaz de concentrarse en nada. Debería despedirse a sí mismo por falta de productividad, se dijo. No podía pensar en nada que no fuera Maggie y aquella horrible escena en su casa...

Y seguía sin saber nada de ella.

El intercomunicador sonó en ese momento y Luke lo pulsó, suspirando.

–Dime, Betty.

–Hay una señorita llamada Patty al teléfono. Dice que es la mejor amiga de Maggie Jenkins y que tiene que hablar contigo ahora mismo.

–Pásamela por favor –dijo él, tan nervioso que se le cayó el teléfono–. ¿Sí? ¿Patty? Hola, soy Luke. ¿Por qué me llamas? ¿Maggie está bien? ¿Le ha pasado algo? Dime qué ocurre.

–Lo haría si me dejases hablar.

–Ah, perdona.

–No ha pasado nada, Maggie está bien.

–Gracias a Dios.

–Bueno, está bien, pero no del todo. Está muy triste, hecha polvo.

–Yo también –suspiró Luke.

–Sí, en fin, lo siento –dijo Patty entonces–. Estoy en la tienda donde Janet y yo nos probamos el vestido de las damas de honor... para la boda de Hermosa y Clyde.

Luke carraspeó.

–Sí, ya.

–Estoy ayudando a Maggie a cancelar todos los pedidos para esa boda que nunca tendrá lugar.

–Sí, sí, entiendo. ¿Y?

–Pues que la propietaria de la tienda dice que tenemos que pagar los vestidos de las damas de honor porque ya están hechos. Yo no tengo dinero y sé que Maggie tampoco lo tiene, así que... En fin, no quiero darle un disgusto y por eso te llamo. Como has sido tú quien... en fin, inventó todo este asunto.

–No te preocupes por nada. Dame la dirección y yo mismo iré a pagar los vestidos –suspiró Luke–. Patty, yo quiero a Maggie. De verdad. ¿Tú crees que tengo alguna esperanza con ella?

–Pues no sé que decirte. Nunca la había visto tan disgustada. Me rompe el corazón, la verdad. Me rompe el corazón porque es... para romperle el corazón a cualquiera.

–Ah, ya. Sí, claro. Parece que el tiempo no ha solucionado nada.

–¿Perdona?

–Nada, nada, déjalo –suspiró él–. Dame la dirección de la tienda y dile a la propietaria que voy para allá.

–Gracias, ahora mismo se lo digo –Patty le dio la dirección antes de despedirse–. Bueno, pues nada, espero que tengas suerte.

–Sí yo también –murmuró Luke–. Ojalá las cosas no hubieran terminado así. En fin, ha sido culpa mía. Por favor, llámame si tienes algún otro problema.

–Sí, lo haré. Puede que tengamos que comernos un montón de rosas de chocolate blanco que iba a servir en el banquete, pero eso no será un problema.

–Rosas y Deseos –dijo Luke en voz baja.

–Sí, bueno. Adiós.

–Adiós, Patty.

***

Cuando Luke entró en la tienda, una campanita anunció su llegada. A lo lejos, una mujer dijo que esperase un momento y, mientras esperaba, miró alrededor. Todos aquellos vestidos blancos, los zapatos, los velos... nunca vería a Maggie vestida de novia, pensó, con el corazón encogido.

Su plan no había sido brillante, sino cruel. Él, Luke St. John, era un ser despreciable y no merecía que Maggie Jenkins lo perdonase. La pobre Maggie debía haber soñado con esas rositas de chocolate blanco desde que era pequeña, habría soñado con uno de aquellos vestidos...

Sí, definitivamente era un ser despreciable. Maggie no le perdonaría nunca y era lógico.

–Siento haberle hecho esperar –una atractiva mujer de unos cuarenta años se acercó, con una sonrisa en los labios–. Soy Selina Simone, la propietaria de la tienda. ¿Puedo ayudarle en algo?

–Soy Luke St. John.

–Ah, sí, Patty me dijo que vendría. Supongo que entenderá que esos vestidos ya estaban encargados...

–Sí, sí, no se preocupe –suspiró él, sacando un talonario–. Me gustaría que Patty y Janet se los quedaran. ¿Podría encargarse usted de eso?

–Naturalmente, encantada. Son unos vestidos preciosos. Maggie tiene muy buen gusto.

–Sí, eso es verdad. ¿Hay alguna otra cosa que pagar?

–Pues los lazos de satén también estaban cortados, las cintitas...

–Dígame la cantidad y acabemos con esto cuanto antes –la interrumpió Luke.

–¿Le importaría ir un momento a la oficina? Es por esa puerta, yo me reuniré con usted enseguida.

Aquello era una tortura, pensó Luke, mientras entraba en... ¿aquello era una oficina? Era un salón con moqueta blanca, lleno de espejos y sillones de terciopelo rosa. Ah, cómo le habría gustado a Maggie hacer sus planes allí, pensó. Cada segundo que pasaba en aquel sitio le recordaba lo difícil que debía haber sido para ella, la desilusión que se habría llevado, sus sueños rotos para siempre.

¿Y el vestido de novia? Dios Santo, esperaba que Maggie no lo hubiera elegido. Eso le habría roto el corazón...

De repente empezó a sonar una música y Luke se volvió, sorprendido. Era la *Marcha Nupcial.* ¿Por qué ponían la *Marcha Nupcial* en la tienda? Aquello era insoportable. Maggie debía haberla oído en algún momento, tan contenta, tan feliz...

¿Dónde estaba Selina?

Luke miró alrededor, frenético, esperando que Selina apareciese de una vez para poder marcharse cuando un movimiento en la puerta llamó su atención.

Y cuando vio lo que era se quedó sin aire.

–Dios mío –murmuró, con el corazón en la garganta–. Maggie.

Maggie caminaba muy despacio hacia él, vestida con un precioso vestido de novia. Era de color blanco, de estilo victoriano, con el cuello alto y un corpiño lleno de botones. La falda, ancha como la de una princesa, llegaba hasta el suelo. El velo de tul que llevaba en la cabeza rozaba sus hombros y estaba levantado, dejando su cara al descubierto. Su preciosa cara.

Y estaba sonriendo.

—¿Maggie? —repitió Luke, incrédulo.

Ella seguía acercándose, despacio, como caminaría una novia hacia el altar, mientras sonaba la *Marcha Nupcial*. Por fin, se detuvo y él tragó saliva.

—Hola, Luke.

—Eres... Maggie, eres la novia más maravillosa que he visto en toda mi vida.

—Gracias.

—Pero no entiendo...

—Te lo explicaré. Siéntate, por favor.

—Sí, muy bien.

Maggie se sentó en uno de los sillones de terciopelo rosa, alisándose la falda, y Luke se sentó frente a ella, esperando. Y rezando para que lo hubiera perdonado. Pero no se atrevía a soñar...

—Espero que me perdones por las cosas tan horribles que te dije el otro día, cuando me hablaste de tu plan.

—¿Perdonarte? Eres tú quien debe perdonarme a mí, Maggie. Soy yo quien debería suplicar tu perdón. He sido muy cruel contigo y... estaba desesperado, no sabía cómo conseguir tu amor y... Maggie, lo siento. No sabes cómo lo siento.

—Bueno, me parece que los dos teníamos un plan. Patty y Selina me han ayudado a traerte hasta aquí. Así que estamos en paz.

—¿Eh?

—Luke, reaccioné como una niña pequeña cuado me hablaste de tu plan. No supe ver lo que había detrás, el cariño que habías puesto, el amor que sentías por mí –dijo Maggie entonces.

–Cariño mío...

–Por favor, escúchame. Sentía pena de mí misma porque pensé que era una nueva víctima de la maldición de los Jenkins y no pude pensar en nada más. Pero he tenido tiempo para pensar y he decidido que el amor, el amor verdadero, es mucho más fuerte que cualquier maldición. Sé que lo que sentimos el uno por el otro es tan fuerte que soportará los malos momentos, las enfermedades, que estaremos juntos para siempre, hasta que la muerte nos separe.

–Maggie, amor mío, te quiero tanto...

–Y yo a ti –sonrió ella, intentando contener las lágrimas–. Me puse de acuerdo con Patty y Selina para que me vieras vestida de novia. Porque éste es el vestido que yo elegiría para casarme. Quería demostrarte que no creo en ninguna superstición porque sé que nuestro amor es tan fuerte que puede con todo.

Luke se levantó y, con manos temblorosas, tomó la mano de Maggie y clavó una rodilla en el suelo.

–Maggie Jenkins, ¿quieres casarte conmigo? ¿Quieres hacerme el honor de convertirte en mi esposa?

–Sí –contestó ella–. Sí, sí, sí.

Luke tomó su cara entre las manos y la besó, con ternura, con amor, con reverencia, para sellar el compromiso de una vida juntos.

En ese momento la música cambió y empezó a sonar un vals, su vals. Luke se levantó, la tomó por la cintura y bailaron juntos por la habitación, como si estuvieran flotando entre las nubes, mirándose a los ojos y viendo cada uno en los del otro una promesa de amor eterno.

Durante el banquete que siguió a la boda del señor y la señora St. John, la flamante pareja había conseguido escapar a la suite sin que nadie los viera.

—Ay, qué bonito ha sido todo —suspiró Patty, emocionada—. Y qué bien me queda el vestido.

—Sí, desde luego que sí —rió Martha Jenkins.

—Detalles, detalles, detalles, eso es lo que hace que una boda sea perfecta, como diría Maggie. Qué buena pareja hacen, ¿verdad?

—Una pareja maravillosa —contestó Martha—. Tienes razón. Parecen tan felices... En fin, no creo que volvamos a hablar de la maldición de los Jenkins en lo que nos queda de vida. El corazón me dice que eso se ha acabado para siempre.

—Estoy de acuerdo contigo, madre —intervino Janet—. Y yo diría que mi hermano también. Lleva toda la noche bailando con esa chica tan guapa. ¿Os han gustado los regalos que Maggie y Luke se han hecho? Un colgante con una bellota de oro para ella y unos gemelos en forma de bellota para él. Maggie me dijo que era un regalo muy especial porque significaba que su amor estaba por encima de todo. En fin, qué romántico. Ha sido una boda preciosa.

—Sí, es verdad. Me dan ganas de llorar —dijo Patty.

—Nada de lágrimas —les advirtió Martha—. Y nada de Rosas y Sueños. Maggie ha cerrado el negocio. Dice que esa empresa ha hecho realidad sus sueños, así que está pensando abrir una boutique de niños para ver si llega pronto el primero.

—¿Ya estamos con las supersticiones? —rió Patty—. Bueno, pues nada, chicas, vuelta a empezar.

Deseo®

El dolor de amar

Kathie DeNosky

Aterrada de que la poderosa familia de su ex novio tratara de hacerse con la custodia de su futuro hijo, Callie Marshall sabía que había sólo un hombre al que podía acudir en busca de ayuda, su jefe, Hunter O'Banyon. Cuando él le ofreció protección y un nombre para su hijo, Callie aceptó, convencida de que estaba haciendo lo mejor para el niño. Pero entonces probó sus apasionados besos y olvidó que todo aquello no era real...

Había aceptado al hijo de otro hombre... por ella

¡YA EN TU PUNTO DE VENTA!

Acepte 2 de nuestras mejores novelas de amor GRATIS

¡Y reciba un regalo sorpresa!

Oferta especial de tiempo limitado

Rellene el cupón y envíelo a
Harlequin Reader Service®
3010 Walden Ave.
P.O. Box 1867
Buffalo, N.Y. 14240-1867

¡Sí! Por favor, envíenme 2 novelas de amor de Harlequin (1 Bianca® y 1 Deseo®) gratis, más el regalo sorpresa. Luego remítanme 4 novelas nuevas todos los meses, las cuales recibiré mucho antes de que aparezcan en librerías, y factúrenme al bajo precio de $3,24 cada una, más $0,25 por envío e impuesto de ventas, si corresponde*. Este es el precio total, y es un ahorro de casi el 20% sobre el precio de portada. ¡Una oferta excelente! Entiendo que el hecho de aceptar estos libros y el regalo no me obliga en forma alguna a la compra de libros adicionales. Y también que puedo devolver cualquier envío y cancelar en cualquier momento. Aún si decido no comprar ningún otro libro de Harlequin, los 2 libros gratis y el regalo sorpresa son míos para siempre.

416 LBN DU7N

Nombre y apellido	(Por favor, letra de molde)

Dirección	Apartamento No.	

Ciudad	Estado	Zona postal

Esta oferta se limita a un pedido por hogar y no está disponible para los subscriptores actuales de Deseo® y Bianca®.
*Los términos y precios quedan sujetos a cambios sin aviso previo.
Impuestos de ventas aplican en N.Y.

SPN-03 ©2003 Harlequin Enterprises Limited

Julia®

La teniente Magdalena Cruz había vuelto a casa, pero su regreso no había sido como ella había imaginado. Lo único que deseaba era estar sola, pero el irritante y guapísimo doctor Jake Dalton se empeñaba en impedírselo...

Jake llevaba toda la vida tratando de acercarse a Maggie. Ella era la mujer que siempre había deseado y ninguna herida podría hacer que eso cambiara. Lo único que quería era convencerla de que era una mujer bella, atractiva y maravillosa... y debía ser suya para siempre.

Bailando bajo la luna

RaeAnne Thayne

Necesitaba que se alejara de ella porque estaba consiguiendo colarse en su maltrecho corazón...

¡YA EN TU PUNTO DE VENTA!

Bianca®

**Aquellas últimas semanas daría rienda suelta
a su pasión...**

El jeque Bandar bin Saeed
siempre había vivido muy deprisa, pero ahora se enfrenta-
ba a un enorme obstáculo: tenía un tumor cerebral.

Sólo tenía un cincuenta
por ciento de posibilidades
de curarse y aún le quedaban semanas para empezar
el tratamiento. Así que decidió distraerse un poco haciendo un viaje a Australia,
donde podría disfrutar de su
mayor pasión: tener en su
cama una mujer a la que
hacerle perder el control...
Fue entonces cuando apareció Samantha Nelson.

Esclava de amor

Miranda Lee

¡YA EN TU PUNTO DE VENTA!